頑張れ！ひょろり君

熱血弁護士奮闘中

山﨑浩一

現代人文社

頑張れ！ひょろり君

熱血弁護士奮闘中

目次

主な登場人物

鴨川正義　本書の主人公。みんなから「ひょろり君」と呼ばれている。弁護士になって5年目。正義感が強く、弱い人の権利を守るために今日も頑張っている。

源和朝　ひょろり君の勤める事務所の所長。きわめて優れた弁護士。温かくひょろり君を見守り、いざという時には適切なアドバイスをする。

大坪女史　事務所の事務員。経験豊富なベテランで、ひょろり君にもズバズバとものを言う。その辛辣だが的確な意見に助けられることもしばしば。

優子さん　事務所のアルバイト事務員。素直で気立てのよい大学生。目が魅惑的で、ひょろり君にとってはちょっと気になる存在(?)。

花見小路清子　スナック「花の木」ママ。人生経験が豊富で、時々ひょろり君にアドバイスしたり、厳しい意見を言う。和服の似合う美人だが、性格はさばさばして気っぷがいい。

プロローグ

本名は、鴨川正義。しかし、彼の友人は彼のことをめったに本名では呼ばずにひょろり君と呼ぶ。その理由は単純で、身長が１８０センチメートル、体重63キロという彼の体型がひょろっとしていることによるものだった。黒く柔らかい髪はやや短めに整髪しているが、自然なウェーブがかかっている。眉は太く、目はやや垂れていてやさしげ。眼鏡をかけている。鼻は高いが、冷たさは感じさせない。まあ人好きのする顔立ちで、二枚目といっていいと思う。そのくせ、ひょうきんなところがある。

ひょろり君は、現在30歳、弁護士である。司法試験には大学卒業時に合格しているので、２年間の司法修習を経て、弁護士になって5年目である。まだまだ弁護士としては駆け出しだ。しかし、ひょろり君は、なかなかの勉強家なうえに、正義感の塊で、懸命に頑張るものだから、結構、難しい裁判で勝訴し、依頼者からも信頼されている。

まあ、おいおい彼の性格や趣味等は紹介するとして、彼が弁護士としての仕事をしている事務所のことだけ説明しよう。

彼の事務所は、源法律事務所。所長の源弁護士と彼の２人だけである。源弁護士は京都弁護士会の会長も務めたことのあるベテラン弁護士で、深い洞察力と法律知識は全国でも指折りといわれている。事務員は50歳の女性事務員大坪女史。普通の弁護士よりも法律のことは詳しいという噂がある。それに女子大生のアルバイト優子さんがいる。

おっとこうしている間にも、事務所の電話が鳴った。頑張れ！ひょろり君。

第1話　春の一日

朝の風景

ひょろり君は北山通りに面した鴨川にほど近いマンションを午前8時に出た。彼は京都で一人暮らしをしている。両親は東京に住んでいる。年齢30歳で独身というと何かと縁談を勧められるが、まだ、この人なら結婚したいという女性に出会わない。しかも彼はまめな性格で、料理が得意で、その他、家事全般もこなす。だから今のところは、一人暮らしの気楽さを満喫しているといったところだ。

外はぽかぽか陽気で、しかも鴨川の土手にはちょうど桜が満開。鴨川の上流を見ると北山連峰が、春霞に紫色にかすんでいる。鴨川の土手では、ユキヤナギが春風に白い枝をたなびかせている。ひょろり君は、あんまり気持ちがいいので事務所まで歩いて行くことにした。

「ハックション！」大きなくしゃみをして鼻をぐすぐすさせている。彼は花粉症が最近ひどくなり、せっかくの花盛りが彼をすこし憂鬱にさせている。

まわりには犬を散歩させている人が多い。彼は戌年であるせいか、犬は好きで子供の頃に飼っていた。ひょろり君にははっきりした記憶はないのであるが、母親の話によるとひょろり君が2歳の時に、近所で飼われていた犬のおっぱいを飲んだそうである。人間の子供にオッパイをあげる犬も犬であるが、口のまわりを毛だらけにして人類以外の生き物のミルクを飲まなくてもよさそうなものだ。そんなどうでもいいことをぼんやり考えながら鴨川に目を落とすと、鴨が戯れ、鷺がじっと雑魚を狙っている。深みには50センチメートルもあろうかと思われる鯉が悠然と泳いでいる。彼が京都に腰を落ちつけた理由のひとつに、町中に残されたこの自然の豊かさに惹かれたことがある。

さて、マンションを出て40分も歩くと、源法律事務所に着いた。源事務所は古ぼけたビルの3階にある。

エレベーターはあるのだが、ひょろり君は階段を1段抜かしにして一気に駆け上がる。3階に着いた時には、肩を上下させてハアハアしているが、さあやるぞと気合を入れた。事務員はすでにデスクの拭き掃除をしている。

「おはよう」甘い香りが春の風とともに事務所に吹き込んだ。

「おはようございます。あら風邪ですか？」優子さんが顔を上げて尋ねる。

「ううん、花粉症だよ」鼻声のひょろり君が答えた。

デスクの椅子に座って体をもたせかけると、椅子がギーと鳴る。デスクの上はいつもの書類の山だ。気合を入れないと、これだけで気分がめげそうになる。

彼が事務所でまずやることは郵便物のチェック。毎日トレーには、裁判関係の書類以外に弁護士会関係の資料などが山のように届く。書類の山のてっぺんにあった飲み屋の請求書はひとまず脇において山を崩していると、3日前の依頼者からの法律相談のファックスが置いたままになっていた。

「いけね、3日前に依頼者から相談をファックスで送るから回答を送ってくれと言われていたっけ」

あわててすぐに依頼者に電話して、連絡が遅れたことを詫びてから、相談の回答をした。またこんなことが起きるかもしれないと思うと、早くこの書類の山をなくしたいのであるが、次から次へと来る書類の速度にひょろり君の処理が追いつかず、山は高いままであった。それでも、今日は頑張って2センチほど山を低くした頃に、事務員の優子さんがココアをいれてくれた。胃腸があまり丈夫ではないひょろり君は、朝はコーヒーをやめてココアにしている。

「ありがとう。あたたかいココアはホットするなあ」とつまらないギャグで優子さんに愛想笑いをさせてから、今日の予定を確認する。今日もびっしり予定が詰まっている。さっそく依頼者から電話が3本入り、その応対をしているうちに9時50分になり、京都地方裁判所に出かけなくてはならない時刻になった。

　京都の地方裁判所は京都御所の南にある。平成12年に改築されたので、開放的なデザインになっている。御所美観地区の規制内であるので、石貼りのシックな外観にしてある。エントランスは大きな吹き抜けで、正面には地元の織物業者の製作した巨大なタペストリーが掛けてある。裁判所というと陰気臭い建物が多かったが、最近は、明るい感じに造られている。

　地方裁判所のほかに、糾の森の南には、離婚や相続事件や少年事件等を取り扱う家庭裁判所がある。清流と木々の中のガラス造りの2階建ての建物で、その美しさは全国的に有名だ。秋には、窓の外に燃えるような紅葉が溢れ、傷ついた人々の心を癒している。

口頭弁論

　午前10時の民事裁判の口頭弁論。この事件は交通事故の損害賠償を求める裁判だ。ただし、口頭弁論といっても実際の裁判では、準備書面という当事者の言い分を記載した書面をあらかじめ裁判所に提出して、「この書面のとおりです」と言うだけなので、だいたい1件の裁判が3分から5分程度で終わるのが普通である。

　法律制度は一般市民から見ると変なものが多いが、口頭弁論もそのひとつかもしれない。言葉のイメージからは、法廷で双方の弁護士が弁論を闘わす手続だろうと思えるが、現実には、重要なことは書面に記載して、それをあらかじめ提出しておき、口頭弁論の時は、「書面のとおりです」と言うだけだ。だから短時間で終わるので、法廷の予定表を見ると、午前10時に裁判が4～5件指定されているということがざらである。両方の弁護士が揃った順番に裁判が始まる。だからせっかくこっちが早く法廷に着いても、相手方の弁護士が遅いと結局最後になってしまうということになる。そのため、弁論に遅刻する弁護士は弁護士仲間には嫌われる。

ひょろり君の場合は、2番目に裁判をすることができた。相手方の弁護士がひょろり君の依頼者のケガの程度がそんなに重くないと主張して、病院のカルテを裁判所を通じて取り寄せるということになり、次回期日を指定して今日の裁判は終わった。

証人尋問の打ち合わせ

午前10時の裁判が終わり、10時20分に事務所に帰ると、3日後に証人尋問が予定されている事件の証人と依頼者本人がすでに事務所で待っていた。この裁判は、単純な裁判だった。マンション建設工事を請け負った会社が依頼者であり、裁判の原告だ。相手方である被告はこの下請け工事を請け負った会社である。相手方の会社は、下請工事を請け負ったものの、儲けが少ないことに嫌気がさして途中で現場を放棄してしまったという事件である。

元請け会社は、施主との約束の期日までに工事を完成させなければならないので、別の業者を手配して残工事を続行してもらったが、当然ながら工事金額が割高となり、赤字となってしまった。そこで、当初の金額よりよけいに支払わなければならなくなった費用を損害として下請け業者に請求している裁判だった。

証人は、この工事の現場監督である。この工事の時には原告会社の社員であったが、最近退職して自分で工務店をしているということであった。自分が以前に世話になった会社の社長に対して変に横柄な話し方をする人だなと感じたものの、そういう性格なのだろうと思い、気にしなかった。

打ち合わせはきわめてスムーズにいき、元現場監督の証人は、「被告の会社の社長は、ちゃんとこの金額で工事すると約束しておきながら、だんだん利益が少ない工事やと感じて、代金の増額をしてくれと言い出さはったのです。こちらの会社もそれほど利益が出る工事とはちゃいますので、それはできひんと返事しました。そしたら不満そうな顔をしてはりましたけど、工事はしてました。せやから2月の末に請求書が来た時も、そのままの金額を払《はろ》たんです。そしたら翌日から現場に来んようになったんです。しかも、2月の請求書の金額は過大請求で、実際の工事はそこまでしてへんかったんですわ」と被告の会社に憤懣やるかたない様子で話をした。

隣では原告会社の社長が、途中でいっそう過激に被告会社の悪口を言ったりして、満足げに元現場監督の話を聞いていた。

この事件は、原告会社がもともと源弁護士の古い依頼者であり、勝訴間違いない事件だからと言われてひょろり君にまわってきた事件である。楽勝ムードで証人尋問の打ち合わせを終えた。

帰ろうとする依頼者と証人にどうして元現場監督が原告の会社を辞めたのか尋ねようと思った時に、当日は直接法廷に行きますと言って足早に事務所を出て行ったので、ついこのことを尋ねそびれてしまった。ひょろり君は後で裁判の恐ろしさを身に沁みて味わった時に、この一言を確認しなかったことを悔やんだのであった。

午後の相談

軽い疲労感を覚えながらも、ひょろり君は充足感に浸りながら事務員の優子さんに頼んで出前弁当を注文した。弁当が来るまでにひとっ走りしようと、ひょろり君はランニングウェアに着替えて事務所を飛び出した。事務所の向かいにある京都御苑を一周ジョッギングするのだ。はじめの頃は苦しいのだが、御苑の北あたりまで来ると体が軽くなって気持ちよくなる。今日は桜と陽気に誘われて、大勢の人が散策を楽しんでいる。芝生に座ってOL達がお弁当を広げている。「楽しそうだな、仲間に入りたいな」などと思いながら、きょろきょろしながら走っていると、20分ほどで堺町御門に戻った。芝生に入り、腕立て伏せと腹筋運動をやる。スカッとして事務所に戻った。

もうすでに弁当が届いていたので、汗がまだ引かないまま着替えを済ませて、噴き出る汗を拭き拭き弁当を食べ出した。午後1時には深刻な相談者が来るので、早いとこ食事を済ませておかなければならない。ところが、昼の時間はとくに電話が多い時間帯である。なぜか口にほおばるたびに電話が鳴る。その都度あわてて飲み込み、電話に応対する。消化不良のままお茶で流し込むと1時5分前だった。そんなわけで弁護士はたいてい食べるのが早い。

昼からの相談者は、警察官であった。小林と名乗った。やつれた顔をしていた。まあ弁護士事務所に相談に来る人たちはだいたい深刻な顔をしていることが多いが、とくにこの相談者の表情は暗かった。

相談者は、事務員がお茶を出して相談室を出るのを待っていたように、声をひそめて悩みの中身を話し始めた。相談者は妻と結婚して25年経っているが、その妻がサラ金やクレジットカードで借金をしていたことがわかったという。どうしてサラ金等から借りたのかと問い詰めても、生活費が足らなかったというばかりではっきりしない。夫自身は、給料は妻が管理していたので、当然にその範囲内でやりくりをしていたと思っていたらしい。

ひょろり君は、もしかしたら夫がお金に厳しい性格で、妻としても生活費が足らないと言うと、お前のやりくりの仕方が悪いと言われそうで、夫に言いにくくて内緒で借りたのではないかなと思った。

相談者に、「では奥さんの負債の整理ですか」と聞くと、「いいえ。妻は自分の借金やさかい、夫には迷惑をかけられへんとゆうて、離婚して破産の申し立てをすると言うとります。せやから妻のことはかまへんのですけど、実はサラ金業者のうち、ローンズしあわせというところが、妻の借りたもんは夫にも責任があるゆうて、毎日のように電話で返せと要求してきますんや。最近では職場の警察署にまで電話をしてきよるんで困ってますねん」と言う。

「先生、妻の借りたもんは返さなあかんのですか」小林警察官は不安げに尋ねた。

「あなたは保証人になっていますか」ひょろり君はその質問に答えずに、こう聞いた。

「いいえ、保証人にはなってまへん」

「それなら、あなたには責任はありません。民法761条に、日常の家事について妻が負債を負った場合には、夫にも連帯責任があるという規定がありますが、この場合にはこれにはあたらないと考えられています。例えば、妻がスーパーで日用品を買った場合に、夫にも代金を支払う責任があると考えるのは当然でしょう。でも、サラ金から借金するようなことは異例ですから、日常の家事に含まれると考えるべきではないでしょう」

「せやけど、とにかく毎日しつこう電話してきて、なかなか電話を切らしてもらえへんのですわ。それに、職場にいられんようにしたるゆうて脅迫してきよるのです」

ひょろり君は、「おいおい、あなたは警察官だろう」と言いかけてその言葉を飲み込んだ。

「では、僕からそのサラ金業者に内容証明を出しましょう。大丈夫ですよ。弁護士から内容証明が行けば、おとなしくなりますよ」

これを聞くと、小林警察官は、そうですかと安心した様子で帰った。ひょろり君はさっそくそのサラ金業者に、夫の委任を受けたこと、夫には法的に支払い義務がないこと、一切請求しないように通告するということを書いて、事務員にこれを至急発送するように指示した。まあ、これで大丈夫だろうと考えた。

ファッションマッサージでの示談

「先生、次の予定に遅れますよ」と事務員の大坪女史が声をかける。時計を見ると午後2時を回っている。ひょろり君はあわてて鞄を持って事務所を飛び出した。午後2時30分に、国選の刑事事件の弁護のために、被告人が壊したドアの弁償をしに西木屋町通りにあるファッションマッサージ店の店長と会う約束がしてあった。

被告人は、覚醒剤を使用してファッションマッサージに来て、店員とトラブルになり、腹いせにドアを蹴って壊してしまった。母親が弁償金を出すというので、ひょろり君が預かってきたのである。

受付で来店目的を告げると、案内されたのが一般客も入る待合室であった。さすがにこの時間には誰も客はいなかったが、部屋の壁には風俗嬢の写真が20枚ほど貼ってあった。そうか、これで気に入った女性を指名するのかと、初めての経験のひょろり君はしげしげと眺めた。「お気に入りの子がいまっか」と言われてびっくりして振り向くと、店長がにやにやしながら立っていた。「いやいや、初めてなもので」ひょろり君は照れながら名刺を差し出した。「被告人がご迷惑をかけました」とひょろり君はすぐに弁償金を差し出し、示談書に署名をしてもらった。ぐずぐずしていると何か言われそうだったので、ひょろり君はそそくさとけばけばしい店を飛び出した。飛び出した瞬間、表の道を行く人々の視線が一斉に自分に注がれるのを感じた。耳まで真っ赤になってタクシーを拾って事務所に帰った。

事務所に帰るとひょろり君は、優子さんのいれたコーヒーを飲みながら、ひとしきりファッションマッサージ店がどのようなところであるか優子さんに説明した。「あのね、若い子がすごいファッションしてマッサージするんだよ。写真で指名するようになってるんだ」それを横で聞いていた源弁護士が「優子君なんかナンバーワンになるだろうね」と話に乗ってきた。すると、それを聞き逃さなかった大坪女史が「先生方、そういう発言は全部セクハラに該当しますよ。優子さん、訴えれば」と真顔で言った。源弁護士はすぐにデスクに戻り法律雑誌に没頭した。ひょろり君も腕時計を見ながら「……さてと、弁護士会に行こうかな」と呟いた。

1日の終わり

午後4時からは、弁護士会の委員会が予定されている。京都の弁護士会にはおよそ50くらいの委員会がある。人権擁護委員会、公害対策・環境保全委員会、子どもの権利委員会など、さまざまな社会問題に対応するための委員会や、弁護士会内の問題を処理するための委員会がある。ひょろり君は公害対策・環境保全委員会に所属していた。約2時間、委員会での議論を行い、事務所に帰ったのは6時を回っていた。

今夜は、裁判の書面を書かなければならない。昼間は依頼者との打ち合わせや裁判、外での作業等があり、じっくり書面を書くのは、夕方からになることが多い。事務員も帰ってしまっていたので、自分で近所のうどん屋からきつねうどんを注文した。

ロッカーから裁判の記録を出して、法律構成などを検討し始めた。そのうち、何か参考になる判例がないか気になり、コンピューターを起動させた。判例検索画面が出るとキーワードを入力してみた。すると運よく類似事件の判例が出てきた。ラッキーと呟きながら、その判例を印刷した。その時、「まいど、おおきにー！」の声とともに、出前が来た。

「たぬき、お待っとおさん」

「えっ、きつねって言ったと思うけど」

「せやったかいな、すんまへん、すぐに取り替えて来ますよって」

「いいよ。悪いから、これでいいよ」

「すんまへんなあ」

「もしかしたら、僕が間違えてたぬきって言ったかもしれないしね。だけどこういう場合、どっちが正しいか裁判で決めるなんてことになったらエライことだね。たぬきも時々頼むしね。絶対たぬきと言わなかったということの証明も難しいなあ、こりゃ、こっちが不利かなあ……」

とごちゃごちゃ言っていると、出前のうどん屋もつきあってられないというように帰って行った。

その後、ほぼ書面を書き上げたのが9時頃であった。あーあと背伸びをしてひょろり君は事務所を出た。近所の居酒屋で軽くビールと食事をして帰ることにした。ガラッと戸を開けると、カウンターには2人ほど客がいるだけだった。主人が「おっ、先生、1人ですか」と声をかけてきた。「うん、お腹が減ってね」と言ってカウンターに腰を下ろした。「ナマ」の注文を予想していたように、すぐに凍ったように冷たいグラスの上に白い雪のような泡をのせて生ビールが運ばれてきた。香ばしいかおりと泡を口に含みながら、それが一気にお腹の中に入るのをしみじみ楽しんだ。

「何しときまひょ？」

「蛸ぶつと小松菜のおひたし、それに野菜の天ぷら」と注文した。

そして、ひょろり君はカウンターの奥で蛸を切っている主人にニタニタしながら「ねえ、ファッションマッサージってどんなところか知っている？」と話しかけていた。

第2話　サラ金業者との戦い

サラ金の追い込み

妻のサラ金の借金の件でひょろり君に相談に来た小林警察官から、４日後に電話がかかってきた。「先生、あいかわらず業者からしつこう電話がかかってますねん、どないかなりまへんか」

おかしい。とっくに内容証明郵便は着いている。２日前には配達されたという証明が事務所に帰ってきている。ひょろり君はこれで本人に対する請求は止まっているはずだと思っていた。この業者は弁護士からの通告を無視して本人に追い込みをかけている。どうやら相当悪質なサラ金業者のようである。

すぐに、サラ金業者の事務所に電話した。

「はい、ローンズしあわせ」という男性の声。弁護士名と電話の用件を告げると男性の声が一気に変わった。

「うちは弁護士なんか関係ありまへんでえ」

「いや　こちらの通知が届いているでしょう。小林さんの件ですよ。通知を受け取っているでしょう」

「あー、そうでしたかいな」

「そうでしたかいなって、これからは僕が代理人だから本人に連絡されては困ります」

「せやったら先生が金返してくれはるんでっか。ちゃいますやろ、弁護士がついたかてなーんにも関係おまへんでえ。本人からきっちり返してもらいま」

「話があるなら、こっちにしてもらいたい。それに、妻の借りた借金であって夫には返済義務が……」

「ガチャン」相手方はひょろり君が電話をしている最中に一方的に切った。

ローンズしあわせか……。これは案外、パンツの紐、いや、褌を締めてかからなくちゃならないなと感じた。

そして、ひょろり君はすぐに裁判所に対して、小林警察官に一切請求行為をしてはならないという仮処分の命令を申請した。通常、このような場合は債務不存在確認訴訟を起こすのだが、裁判の場合には判決が出るまでに1年近くかかってしまい、この事件のような緊急を要する事件の場合はそれでは間に合わないので、とりあえず緊急に裁判所が当事者の言い分を聞いて、通常の裁判で結論が出るまで裁判所が仮の命令を出すという制度がある。それが仮処分である。

ひょろり君が申請書を作って裁判所に提出し、裁判官に面談して事情を説明すると、裁判所はすぐに保証金10万円で、ローンズしあわせに対して小林警察官への請求を禁止する命令を出してくれた。もし、この命令に違反して小林警察官に請求行為を行うと、強要罪として警察も対応しやすくなるので、効果があるはずだ。普通のサラ金業者であれば、これでだいたい解決するはずであった。

ひょろり君vsローンズしあわせ

それからは、小林警察官への請求は止まったものの、代わりに、毎日、ひょろり君はローンズしあわせから電話攻撃を受けることとなった。そればかりではなく、突然に業者本人が事務所に押しかけて来ることもあった。

初めてローンズしあわせの本人を見た時は、意外と小柄で恐怖感は持たなかったが、大声でわめくのと、そのしつこさには辟易した。夜、ひょろり君が事務所で英会話のレッスンを受けている最中に来ることもあった。ある日の夜7時頃、ひょろり君が依頼者との打ち合わせをしていたら突然、事務所のドアをバーンを開けて入ってきて、「鴨川弁護士はおるかあ。われ、いつになったら金返すんや」と大声で怒鳴り散らした。完全にひょろり君に対する嫌がらせだった。

さすがに、この時は依頼者との打ち合わせが邪魔されたので、ひょろり君は京都府警本部に民事介入暴力として出動要請の電話をした。すぐにパトカーが駆けつけてきた。夕闇の中に赤いライトがグルグルしてちょっとした騒動になった。事務所には制服警官３人と私服警官２人が入って来た。そのいかつい容姿を見て、ひょろり君は一瞬やくざが来たのかと錯覚してしまった。しかし、ローンズしあわせは、警官の姿を見ると、急におとなしくなった。警官は、ローンズしあわせに名前を確認して、「今日のところは帰れや」といって連れ出してくれた。

これで、ローンズしあわせのひょろり君への攻撃は落ち着いたが、今度は小林警察官の息子の会社にまで請求し出した。電話で応対した受付の者に父親の借金のことを言って返すように言うという嫌がらせであった。その連絡を受けたひょろり君は、すぐに業務妨害、強要罪で息子に刑事告訴をさせた。

ローンズしあわせの逮捕

こうなると、ひょろり君も朝から、今日はローンズしあわせがどんなかたちで嫌がらせをしてくるかと気になって仕方なくなってきた。こうなるとさすがに鬱陶しい。こうして精神的に追い込んで無理やり回収するのがサラ金のやり方だ。

源弁護士も「やけにしつこい業者だね。これは行くところまで行かないと解決しないかもね」と言っていた。

案の定、東京に出張中のひょろり君のところに電話が入り、小林警察官の息子が泣きついてきた。昨夜、自分の車が、釘のようなもので何十カ所も傷つけられていたというのである。すぐにその日に、被疑者不詳で器物損壊罪で告訴するように書き方を指示した。

ところが、その2日後、今度は、事務所に出勤すると、源弁護士が血相を変えて事務所に飛び込んできた。あのローンズしあわせは絶対に厳しく対処しないと駄目だという。どうしたのかと尋ねると、「僕のクルマが釘で無数に傷つけられている。あのサラ金がやったに違いない」と普段は沈着冷静な源弁護士が怒っている。

「えっ、いつですか？」

「夕べだよ、午後8時過ぎに事務所のガレージから車を出そうとしたら、ボディが傷だらけなんだよ。釘のようなものでやられたようだ。まったく許せん」

源法律事務所の専用駐車場がビルの1階に1台分あり、そこに源弁護士が愛車を置いているが、それが年齢に似合わず、結構若い世代向きのスポーツ車だったものだから、ローンズしあわせはてっきりその車をひょろり君の車と間違えたらしい。源弁護士もえらいとばっちりを受けたものだ。

小林警察官の妻に貸した金が焦げついたのは間違いないので、少しは同情していたひょろり君であったが、いよいよ、ひょろり君はローンズしあわせに対して反撃に出た。

源弁護士に対する器物損壊罪で、ローンズしあわせを刑事告訴し、担当警察官にこれまでの経緯をすべて話し、すぐに逮捕してほしいと強硬に要請した。警察官も、小林警察官の息子の刑事告訴を受け付けている別の警察署とも連携をとると約束した。

その数日後、ひょろり君のもとに、警察官から、今日夕方に逮捕に入ると連絡が入った。よし、これであいつもたまげるぞ。さっそく源弁護士にこのことを報告した。源弁護士は、「それはよかった。だけど、僕は示談はしても、絶対に嘆願書は書かないからね。ローンズしあわせの弁護人から頼まれても、そう言っておいてくださいね」と言った。よほど源弁護士は頭にきていたんだなと、ひょろり君は少しおかしかった。

案の定、その３日後、ローンズしあわせの弁護人についたといって、ひょろり君の知り合いの弁護士から示談書と嘆願書の依頼が来た。ローンズしあわせを謝罪に行かせたいとも言った。ちょっと、相手に謝罪させたら気分いいだろうなとも思ったが、そんなことをしたら嘆願書を作成しなければならないはめに陥るので断った。ひょろり君は、小林警察官の息子と源弁護士の車の修理代は全額受領して示談書を作成したが、嘆願書は頑として拒否した。

弁護人も苦笑いしながら、仕方ないですかねと言った。

ローンズしあわせは、犯行はすべて認め、示談書もできたので公判請求は免れたが、器物損壊罪の罰金として30万円を略式裁判により支払わされた。結局、ローンズしあわせは、20万円の取り立てのために、修理代１００万円と罰金30万円を負担することになったのである。

スナック「花の木」

ひょろり君は、ひさしぶりに鬱陶しい相手方から解放されたので、祇園のスナック「花の木」に飲みに出た。祇園は、東西に走る四条通りの北と南でまったく雰囲気が違う。お茶屋が軒を連ね、簾の下を芸妓が通るという落ちついた風情は四条通りの南側である。それに対して北側は、スナックが入っているビルが林立し、活気に満ちている。同じ祇園といっても、それぞれ違う雰囲気を楽しむことができる。

その祇園の四条通りのなかでも、最も賑やかなのが祇園を南北に通る花見小路通り界隈である。そこから少し東の路地を入ったところに、ひょろり君のお気に入りのスナック「花の木」はある。２階建ての瀟洒な建物で、入り口のドアの上に「花の木」の明かりが灯っている。木製のドアを押し開けると、中は賑やかな世界が広がっていた。花の木は、和服の似合う明るいママ花見小路清子が経営している。ひょろり君よりちょうど一回り上のせいか、ひょろり君は清子ママと大変に気が合う。ママは、人生のことはひょろり君よりよくわかっているうえに、曲がったことが大嫌いという性格である。おまけに面倒みがよくて、困っている人がいたら黙って見捨てておけない性格で、これまでにお金で苦しんでいる人に気前よく融通しては裏切られているのにさばさばしている。そんなママなので、客ばかりでなく、店の女の子も慕っている。ひょろり君は裁判所がウンと言わないだろうと思いながらも、ママが調停委員になったらいいのに、といつも思っていた。

ひょろり君は、エメラルドグリーン色のカウンターに座り、水割りを飲みながら、店の女の子に、悪質なサラ金業者が逮捕されるまでの顛末をやや誇張気味に自慢気に話していた。女の子も、興味深そうに、ひょろり君の話の展開に大げさに反応していた。それを隣で聞いていた和服のママが、「ひょろり先生は、大したもんやね。困ったはる人を助けたげはったんやもんね。依頼者のお方は随分喜ばはったんやろね」と聞いた。

「うん、それがね、結局、職場にサラ金問題でごたごたしていることが知れてしまって、いづらくなって退職しちゃったんだ」

「いやあ、そうなん。お気の毒やね。法律はそこまでは守ってくれへんのやね」

ママは、それだけ言って、何も言わずに水割りを新しく代えた。ただ、なんとなくひょろり君には「それじゃ、本当にその人のことを助けたといえるのかしらね」と語っているように感じられた。痛いところを突かれた思いだった。

確かに、もっと素早く業者を相手方に仮処分をとっておくべきだった。そうすれば、小林警察官は職場を辞めなくて済んだかもしれない。これは明らかにひょろり君が相手を甘く見た結果だった。ひょろり君は、お代わりの水割りを口にしながら、そう反省した。

ふと目を上げて、ひょろり君を見ているママと目があった。ひょろり君は、わざと偉そうに「この水割り、ちょっと濃いんじゃない？　苦いよ」といって顔をしかめた。するとママはすまして「いやあ、世間の水はもっと苦《にご》おまっせ。もっと濃いのんを飲まはって勉強しはります？」と言った。

「まいったな」ひょろり君は頭を掻いた。

第3話　だまされる弁護士

原告側証人

ひょろり君が源弁護士から「楽勝な事件だから代わってやってほしい」と頼まれた事件の証人尋問が始まった。

依頼者は建設会社。マンション建設の請負をして、下請け業者に工事の一部をさせたところが、途中で儲けがでないといって勝手に職場を放棄してしまったので、仕方なく別の業者を頼まざるをえなくなり、工事代金が割高になってしまった。そこで、よけいにかかった工事代金分を損害賠償として請求をしている事件だった。

証人は、当時の現場監督で桜井といった。今は辞めているが、原告会社には協力的で、証言の打ち合わせの時には、完全にこちらの主張どおりの話をしていた。ひょろり君は、この裁判はいただきだなと思っていた。

法廷の原告席にはひょろり君とその隣に依頼会社の白石社長。被告席には、被告代理人の佐藤弁護士と被告本人が座っていた。被告側弁護士は老獪な弁護士で、外見はぼんやりしているように見せかけて、実は相手の気づかない罠を張っていることがあるので気をつけなくてはならない。

順調な尋問が……

「証人の桜井さんは、前に出てください」

裁判官が証人の氏名、住所、職業を尋ねて、本人に間違いないことを確認し、証人に宣誓をするよう求めた。証人は、起立したまま宣誓書を読み上げた。慣れない場所で緊張しているのか、宣誓書が震えていた。着席するときに、証人はちらっと被告本人のほうを見た。

「おやっ、証人は被告を気にしているのかな」ひょろり君は、証人と被告との関係を訝った。

「では、原告代理人から尋問を始めてください」と裁判官が尋問を促した。

攻防の幕が切って落とされた。ひょろり君はひといき息を吸い込んでから、元気に椅子から立ち上がり、証人に向かった。

「あなたは、本件マンション建設工事の時は、原告会社の従業員として現場監督の立場でしたね」

「はい」

「被告とも直接、工事のことについて話をしていましたか？」

「はい。原告の社長と被告の話し合いにもすべて同席していました」

出だしは　順調そのものだった。ところが、話が佳境に入る頃に、予想もしない事態が発生した。

「工事代金については、被告も納得していましたか？」

「いいえ、当時、被告は、もっと高い金額やないと利益が出えへんとゆうてましたが、原告会社の社長は、とにかく納期に間に合わな困るさかい、はよ工事にかかれとゆうて、被告にまず工事をさせて、その後で、この金額で工事をやれとゆうてきたんです。これではできひんという被告に対して、工事にかかってからケツ割るんかゆうてました」

この答えを聞いて、ひょろり君は、「何だ？」とびっくりした。なんで証人はこんなことをいうのか面食らったが、すぐに軌道修正をしようとした。

「だけど、最終的には被告のこの金額で工事することは了解したのでしょう？」

「いや、無理やり了解させられたというのが正しいです」

「了解したのかどうか、結論を言ってください」ひょろり君はにらむように言った。

「それなら了解しました」桜井証人はしぶしぶ答えた。

「被告が、工事の途中で代金を５００万円増額してくれと言い出したことがありましたか？」

「はい」

「それを飲まないと、工事をやめると言いましたか？」

「いいえ」

何だ、ここでは「はい」という答えのはずだろう？　どうなっているんだ。ひょろり君は夢を見ているような気がした。

「しかし、実際に工事はやめていますね？」

「被告からやめたんちごて、原告会社の工事の段取りが悪うて、他の業者の工事が進まんと被告の工事がかかれへんので、手待ち状態で待機していただけです。そしたら、たまたま現場に来た白石社長が、なんで被告は来てへんのや。あいつはクビやとゆうたんです。私は、随分社長をとりなそうとしましたけど、社長は聞く耳を持たんという感じで、クビやの一点張りでした」

ひょろり君は、血の気が引いていく思いだった。証人は何ともない顔で、淡々と虚偽の証言をしていく。しかし、その一言一言が、確実に原告を敗訴に追い込んでいた。傍聴している白石社長は真っ赤な顔で湯気をたてて怒っている。

被告代理人は、うすら笑いを浮かべて座っている。被告代理人としては、もはや何もしなくとも、原告側の証人が被告を勝たせてくれるのだ。これほど楽な裁判はない。

ひょろり君は、一瞬、証人が被告本人を見たのに気づいた。その瞬間、ひょろり君はわかった。この証人は初めから仕組んでいたのだ。被告と結託して原告を陥れようとしていたのだ。

ひょろり君は焦った。どうしたらいい？　ここで尋問を放棄するか、それともこのまま続けるか。このまま尋問を続ければ、ますます泥沼にはまり、相手方の思うつぼだ。仕方ない。後は、原告会社の社長の証言で勝負するしかない。ここは思い切って尋問を止めよう。そう決めたひょろり君は、裁判官に「尋問は以上です」と言って腰を下ろした。

裁判官は、「えっ？」という顔でひょろり君を見たが、「そうですか。では、被告代理人、反対尋問をどうぞ」と言った。

佐藤弁護士は、ゆっくりと椅子から立ち上がり、ゆっくりと静かな声で尋問を始めた。

「あなたは、原告会社の現場監督で、本件の事実については最も詳しい立場でしたね？」

「はい」

「そして、原告会社側の立場でお仕事をされてきたのですね？」

「はい」

「先ほどは、原告代理人の質問で、被告が、他の職人の仕事が済まないと自分の工事にかかれないので、現場に行かずに待っていたら、原告会社の社長が一方的にクビだと言ったと証言されましたね？」

「はい」

「そこまでで、原告の代理人の質問が終わっているのですが、それ以降は本件に関与していないのですか？」

「いえ、最後まで関与しました」

「では、どうして原告代理人は途中で質問を終えたのですか？　何か原告に不利な事実でもあったのですかな？」

「異議あり！　原告代理人の考えを証人に聞くのはおかしいではないですか」ひょろり君は、たまらず異議を出した。

佐藤弁護士は、驚いたような顔をしてひょろり君を見て、それから「では、まあよいでしょう。許されない質問とは思いませんが、中身を証言してもらえば事実がわかることですから」と言って、質問を続けようとした。

「主尋問であらわれた事実以外の事実を質問することは、反対尋問の範囲を越えていますよ」とひょろり君が異議を唱えた。なんとしても、これ以上、この証人に証言させてはまずい。

すると佐藤弁護士は、机の下に置いてある鞄の口を開けて、中をごそごそしている。何かを探しているようだ。ようやく1枚の紙を取り出した。「裁判官、本日付けで、被告側は、桜井証人の尋問を申請します。よって、これからは被告側の証人として主尋問をさせていただきます」

「えっ」ひょろり君は絶句した。

佐藤弁護士はわかっていたのだ。この証人が、今日、この証言をすることを初めからわかっていて、ひょろり君が途中で尋問を放棄したら、被告側から尋問できるようにするため、あらかじめ証人申請書を用意しておいたのだ。やはり完全に仕組まれていた。

それでもひょろり君は、「裁判官、急にこの場で申請されても困ります。次回にしてください」と抵抗した。

しかし裁判官は、「もともとは原告から申請された証人だし、このまま採用しても問題ないでしょう。それに何度も出廷してもらうのも気の毒ですし、今日はまだ十分に時間がありますから」と言って、佐藤弁護士がそのまま尋問することを許してしまった。

万事休す。桜井証人は、表面上は嫌々ながらというふうを装いながら、確実に被告側に有利な証言を行った。この証人によって、この事件は、原告が被告に工事代金を決めないまま工事にかからせて、そのことによって否応なしに安い値段で下請け工事を了承させて、しかも途中で被告が、工事に変更・追加箇所が生じたために代金の増額を求めたところ、原告の社長は、被告が他の職人が工事をしていたために自分の工事ができるまで待っていたのを口実に、被告の現場放棄だと決めつけて被告をやめさせたという事件であるとされてしまった。

ひょろり君は、まさか自分側の切り札の証人に反対尋問するはめになるなどとは夢にも思っていなかったので、何の攻撃材料も持っていなかった。裁判官に反対尋問をどうぞと言われても、「いや、ありません」と力なく答えるほかなかった。

その後、事務所に帰ったら、原告会社の社長は、顔を真っ赤にして「あんな嘘をつきやがって！　先生、あんな嘘言わせといてええんですか。なんで、ほんまのことを証言させへんのですか？」と大声でひょろり君を責めた。

「そんなことを言ったって……。あの場では、あれ以上質問したら、よけいに悪くなるだけですよ」

「もう一回、あいつを証言台に呼んでください」

「それは無理ですよ。裁判官は絶対に再度の尋問はしません。だけど、どうして、桜井さんは打ち合わせではこっちに有利な証言をしておいて、法廷であんな証言をしたんですか？　社長に恨みでもあるんですか？」

しばらくしてから、白石社長が意外なことを言った「……あいつは私が辞めさせたんや」

「えっ、どういうことですか？」

「あいつ、この問題の後、しばらくして飲み屋の女の子とできてしもて、やたら金遣いが荒うなって、生活もええ加減になってきよったんで、注意したら、偉そうに、『個人のことは放っといてくれ。会社に迷惑はかけてへん』て言いやがったんや。そうやない、会社の得意先からも言われてるし、実際に現場の監督の仕事もええ加減になってるやないか、とゆうたんです。そしたら『そんなはずはない。やることはやってる』とゆうて聞かへんのですわ。そんで、わしも頭に来て、そんならうちの会社を辞めろ言うたんですわ」

「それで辞めたんですか……。それなら社長に腹を立てているでしょう。どうして僕にそのことを言ってくれなかったのですか？」

「まさか、こんなことになるとは思ってへんかったし……」

「しかし、どうやって証人になってくれと頼んだんですか？」

「いや、あいつが、自分で建設業を始めたことを知ってたんで、被告と揉めた後で、あいつに連絡して、こちら側の証人になってくれるか聞いたんです。そしたら、その時は考えさせてくれとゆうたんですが、3日ほどしてから、証人になってもええと言うてきたんです」

「その間に、桜井証人は被告と接触したんじゃないですか？　社長さん、桜井証人が、その頃に被告と接触したということはなかったでしょうかね？」

「ウーン、それはわかりまへんな。もしかしたら、そういうこともあったかもわからん。せやけど、わしにはわかりまへん」

「しかし、桜井証人は完全に被告と組んでいますよ。佐藤弁護士も、間違いなく桜井証人と打ち合わせを済ませていましたね。こんなことになることがわかっていれば、絶対に打ち合わせを録音しておいたのになあ」

「あいつ……クソッ！　先生、これからどうなります？」

「後は、社長と被告本人の証言だけです。しかし、社長は本人だから、裁判官にすれば桜井証人が最も信用性があると考えていますから、挽回するのは難しいですね」そう言ってひょろり君は腕を組んで下を向いた。しばらくしてから、白石社長を見て「どうですか、和解しませんか？」と提案した。

「和解って？」

「請求額を大幅に減額するんです」

それを聞いた白石社長は気色ばんで食ってかかった。

「なんででっか？　あいつは完全に嘘をゆうてるんでっせ。そらちょっとなら減額せんこともないですけど、大幅なんてあきまへん」

ひょろり君は、こういう依頼者は困ったもんだと思った。自分が裁判でどういう状況に置かれているか理解しないで、自分の要求だけ通そうとする、こんな依頼者では有利な解決もできないなと思った。

ひょろり君と白石社長の間に気まずい空気が流れたが、ひょろり君は「どうせ佐藤弁護士も和解しないだろうな」と思い、行くところまで行くしかないかとあきらめた。もはやひょろり君には打つ手はなく、この事件は全面敗訴しかないと覚悟した。

どうするひょろり君

その後もひょろり君は、なんとか桜井証人の虚偽の証言を暴くことはできないものか、ずっと悩んでいたが、名案を思いつかなかった。思いあまって源弁護士にも相談してみた。だいたい、源弁護士が勝訴間違いない事件だと言ったんじゃなかったかと言いたかった。源弁護士は人ごとのように、「和解できないの？」という。「先生、白石社長の性格では無理です」ひょろり君はぶすっとして言った。「そうだね。あの社長いい人なんだけど、頑固だからね」そう言って源弁護士はしばらく上を向いていた。そうしてひょろり君にこう言った。

「とにかく桜井証人の証言が決め手だから、その証言の信用性を崩すしか活路はないみたいだね。裁判官に桜井証人が嘘を証言していることをわからせるよう頑張ったら？」それを聞いても、「それはわかるけど、どうやったらいいんだ」とひょろり君は独り言を呟いて、また頭を抱えた。

それからは、ベッドに入ってもこのことを考えていた。すると明け方に名案が浮かんだ。いや、少なくとも思いついた時には名案に思えた。しかし、事務所に来ると、どうみても平凡な案にしか思えなくなっていた。そして、駄目だろうなと思いながら、白石社長に電話して二つのことをしてみたらと提案した。

一つは、桜井証人に電話をして、なぜあんな証言をしたか尋ねる、それをテープに録音しておくのだ。その際には、桜井証人には、もう二度と法廷で証言することはないと思い込ませて、安心させる必要がある。だから、社長も、もうこの事件はあきらめているということを桜井証人に伝えたうえで、自分が女性問題で首を切ったから恨んでいるのかと尋ねるようにと指示した。ひょろり君の作戦はこうだ。恨みを晴らすために桜井証人が仕組んだのなら、桜井証人は、おそらく、社長が落胆している様子を直接確認したいはずだし、社長に対して、社長のせいで自分がどんなに苦しんだか、そのために社長は復讐を受けたのだというこことを知らせたいはずだ。その心理状態こそが、反撃のチャンスだ。しかし、桜井証人が慎重な人間なら、そんなことは言わないだろう。これは一か八かの賭けだ。

もう一つの指示は、桜井証人がもしか被告と接触を持っていなかったかを誰でもいいから聞きまくることであった。万一、裁判の直前に2人が会っていたという証拠がつかめれば、少しは桜井証人の証言の信用性を下げることができる。

ひょろり君は、どちらも可能性が低いだろうなと思いながらも、社長に、「最後まであきらめては駄目ですよ」と言った。それはまるで自分に言い聞かせるようでもあった。

その後、1カ月以上経過しても社長からは何も連絡がない、やはり駄目だったか。いよいよ社長の証言まであと3日と迫った日の午後、社長から電話が入った。

「先生、やりました！」大きなだみ声が受話器から響いてくる。「なかなかあいつと連絡がつかへんかったんですけど、ようやく夜遅うにあいつに電話したら、あいつ、酔っぱろうていて、『なんでこんな嘘の証言をしたんや』て聞いたら、『それはお前のせいや』と言いよりました。『女のことで首い切ったさかい恨んでるんか』とゆうたら、『せや、あの法廷でのお前の真っ赤な顔がおかしいてたまらんかった』とまで言いよりました。わしは腹が立ってしょうがありまへんでしたけど、我慢して、『恨みを晴らすために証言をしたったんや』と言わせましたんや」

「打ち合わせと違うことを言ったことは？」

「それも言いよりました」

「で、録音は？」

「ちゃんと、入ってまっせ」

「やった！」ひょろり君は、思わず受話器を握ったまま椅子から立ち上がった。

「それから、あいつ、わしが証言を頼んだ頃に、被告と一杯飲み屋で飲んどったことがわかったんですわ」

「えっ、どうしてわかったんです？」

「わしの知り合いの飲み屋がおって、たまたまその話をしたら、そういえばとゆうて大将が教えてくれたんですわ。もともと、被告のことを以前から大将が知ってて、その時に見たことのない男性が被告と一緒に来たらしいんですわ。で、２人の座ったんがカウンターやったんで、ところどころ話が聞こえて、その会話の中でわしの名前が出て、何やわしの悪口をゆうてたらしいんです」

「その大将は、詳しい内容は聞いていなかったのですか？」

「そうなんですわ。それ以上詳しいは知らんようです」

「で、被告と一緒にいた男性が桜井証人だとどうしてわかったんですか？」

「わしも、大将の話でピーンときて、会社の履歴書にあった桜井の写真を持って行って大将に見せたんですわ。そしたら、ピッタシ。あの時の男性やと確認してくれよったんですわ」

「すれはすごい。やりましたね、これで桜井証人の嘘を暴けると思いますよ」

「それは楽しみですなあ。で、どないなるんです？」

「それはね……」

反撃

ひょろり君は、社長に作戦を教えてから、翌日、飲み屋の大将に会って、桜井証人が原告の社長から証人になってほしいと頼まれた頃、その飲み屋で被告と会って、原告の悪口を言っていたということを書いた陳述書に署名・押印してもらった。

さて、いよいよ原告の社長と被告本人の尋問の日だ。原告の社長の証言は予定どおりであった。しかし、なにしろ当事者本人であるだけに、桜井証人の証言を否定しても、裁判官の反応はまったく悪い。もちろん、桜井証人との会話を録音したことや飲み屋の大将の話は一言も話していない。

次に、被告本人の証言だ。佐藤弁護士は、巧みに自分の書いたシナリオどおりの証言をさせている。「以上で当方の尋問は終わりです」と言って佐藤弁護士は余裕しゃくしゃくで腰を下ろした。ひょろり君の反対尋問になった。

「あなたは、本件紛争になった後、桜井証人と会ったことはありますか？」

これは、ひょろり君にとって賭の質問だった。もし、会っていないと答えたら、完全に嘘の証言をしていることになる。もし、会っていると正直に答えられたら、飲み屋の大将の証言のインパクトが弱くなる。

「いいえ。一度も会っていません。こないだ法廷であったのが初めてです」

「やった」ひょろり君は内心で喝采しながら、努めて冷静に質問を続けた。その後の反対尋問で、現場に被告がいなかった日でも工事をすべき箇所はあったはずだということを少し認めさせる程度のことはできたが、とくに重要な事実もあらわれることなく、被告本人の尋問が終了した。

裁判官は、双方の弁護士に向かって「もうこれ以上証拠調べはありませんね？」と確認した。佐藤弁護士は頷いている。ひょろり君は、立ち上がって「裁判官、原告は、居酒屋『大鳥』の経営者本多洋一氏と再度桜井氏を証人として申請します」

裁判官は、えっ？という表情をした。しばらくして不機嫌そうにひょろり君に「何を立証しようというのですか？」と聞いた。その声には、もう今さら証人尋問をするつもりはないという心証がありありと表れていた。

「実は、前回の桜井証人の証言後にわかった事実によりますと、桜井証人は、原告から証人になってほしいと頼まれた時に、被告と居酒屋『大鳥』において会って、この事件のことを話しています。その事実を明らかにします」

「しかし、たとえ会ったからといったって、何が問題だ。別に偽証を教唆したわけでもあるまいし」佐藤弁護士は心外だといわんばかりに反論する。

「原告としては、被告と会って話した内容いかんによって、証人の証言の信用性に重大な影響が生じると考えます」

「しかし、証人の信用性についての吟味については前回の反対尋問によって済んでいるはずです。今さら、蒸し返しの尋問なんか認められんでしょう」佐藤弁護士は執拗に抵抗してくる。

ひょろり君は、原告の社長が証人の話を録音していると言いたかったが、証人への尋問の時にぶつけるほうが効果的と思ってじっと我慢し、代わりに「この事実は前回の尋問の後にわかったことです。裁判官お願いします。これで最後にしますから、なんとか頼みます」と言って頭を下げた。

弁護士が法廷で裁判官に向かって頭を下げて何かを頼むということはまずない。ひょろり君が自分の事件のために頭を下げている姿を見て白石社長は「先生……」と言いかけて言葉を飲んだ。

裁判官も若い弁護士に頭を下げられて可哀相に思ったのか、「では、これっきりということで、桜井証人の再尋問を認めます。それから本多証人もですね。まずは、はじめに本多証人を10分聞いて、そのあと引き続いて桜井証人に20分だけ尋問します」と言った。

法廷を出る時、白石社長はひょろり君に「やりましたな」と言った。ウンと頷いてひょろり君が佐藤弁護士のほうを見ると、苦虫を噛みつぶしたような渋い顔をして、何やら被告本人とひそひそ話していた。

その1カ月後、再び同じ法廷で証言尋問の続きが行われた。

宣誓を終えて証言席に座った本多大将は、慣れない場所での証言ということで緊張しているようだったが、それでも、被告と桜井証人がカウンターで飲食しながら何やら話していて、時々、白石社長のことを非難するような話をしていたのを聞いたと証言した。

これに対して佐藤弁護士は「毎日、お宅の店には何人くらいの客が来るのですか？」

「まあ、平均で20人くらいですなあ」

「初めての客もいるね？」

「そら、何割かはね」

「被告と男性が来た時には、特に変わったことがあったのかね？」

「いえ、別に」

「特に印象に残るようなことはなかったんだね？　それなら、初めて1回見ただけの男が桜井証人だと断定するのは無理ではないかね？」

「弁護士さん、私らの仕事は、お客さんの顔を見て、それを覚えるのんが商売です。1度見ただけのお客さんでも、たいがい顔は覚えてます」

はらはらして聞いていたひょろり君は、「いいぞ、すごいぞ大将」と心の中で声援を送った。

老獪な佐藤弁護士も、本多大将の証言の信用性を潰すところまでは至らなかった。

さて、いよいよ桜井証人が証言台につく。桜井証人は、これから何を聞かれるのかという不安からだろう、ふてくされたような表情をしている。裁判官は、「以前に証言してもらいましたが、もう一度お願いします」と言って、ひょろり君に尋問を始めるよう促した。

ひょろり君は、騙された悔しい思いをはらすチャンスに、はやる気持ちを抑えるのに苦労した。いやでも高揚する気持ちが声を上ずらせた。ひょろり君は努めて冷静に質問を開始した。「大島」のことから質問しないで、ずばり白石社長との会話を質問することにした。こちらには録音テープという隠し玉がある。それに「大島」の件は、行っていないと言い張られるとそれを覆すのは難しいからだ。

「証人は、私と前の証言の前に私の事務所で打ち合わせをしましたね？」

「はい」

「その時には、被告が一方的に現場を放棄したのであって、被告に責任があると言っていませんでしたか？」

「そんなことはゆうてませんでした」

「そうすると、私に打ち合わせで話したことと、法廷で証言した内容は一緒だったと言われるのですか？」

「そうです。私は本当のことしか言いまへんさかい、どこでも言うことは同じです」

ひょろり君はこの答えを聞いてムカッとしたが、後の質問のためには、この答えは言わせておかなければならない証言であった。

「あなたは、原告の会社をクビになりましたね？」

「いいえ。自分から独立するために自発的に退職したんです」

「あなたが女性問題を起こして白石社長から注意されたのに、改めないのでクビになったのではありませんか？」

「いいえ。全然違います」

「あなたは、白石社長に、クビになった腹いせに裁判で嘘の証言をして、社長に復讐をしようとしたのではありませんか？」

「まったく違います。言いがかりです」

桜井証人が意外と落ち着いているのは、このことを追及されることを予想していたのであろう。

「あなたは前回の裁判の後で白石社長と電話で話していませんか？」

「いいえ」そう言って、桜井証人は顔を背けた。さすがに嘘を言うのに、ひょろり君の目を直視しにくいらしい。

「本当に電話で話していませんか？」

「ほんまです」

「もし、それが嘘なら、今まで証言した内容も嘘だと認めますか」

「せやから、私のゆうてることはすべてほんまのことです」

「それなら……」

「裁判長、異議あり。原告代理人は、証人には『大鳥』で被告と会ったかを尋ねるということだったはずやないですか。しかし、そのことは尋ねないで別のことを質問しているやないか。これでは約束が違うやないの」たまらずに、佐藤弁護士が立ち上がって言った。顔は紅潮している。

「原告代理人、確かに被告代理人の言うとおり、『大鳥』の件について質問するということでしたが、今の質問はそれとは関係のない質問です。『大鳥』の件について質問をしてください」裁判長は、ムッとした顔で言った。

「裁判長、この点は証人の証言の信用性全体に関するきわめて重要な質問です。これについては、すぐに証人が嘘の証言をしていたことを明らかにしてみせます」

これを聞いて佐藤弁護士も立ち上がったまま、ひょろり君をにらみつけて言った。

「こちらの証人を嘘つき呼ばわりするとはけしからん。そうまで言うなら、もし証人が嘘を言っていなかったということになれば、君に謝罪してもらうことになるぞ」

「ええ、いいですよ」そう答えてひょろり君は、ハッと思った。「こちらの証人？……そうか、やっぱり」

裁判長は、「では、あと5分だけ尋問を許します。ただし、それ以上は許しませんよ」と言った。

ひょろり君は、鞄からカセットテープレコーダーを取り出して、証言台の上に置いた。「この声は誰の声ですか？」そう言って、ひょろり君はスイッチを押した。すぐに白石社長のしわがれた声が流れてきた。

「なんで、嘘のことを法廷でしゃべったんや？」

「なんでかわかるか？　あんたは、俺のことをクビにしたやろ。いつか仕返ししてやろと思てたんや。これであんたも、この裁判負けやな。あんたが法廷で蛸みたいに顔を真っ赤にしているのを見て、おかしいてたまらんかったわ」

明らかに酔っぱらっている桜井証人の声が静まり返った法廷内に響いた。

桜井証人は、氷りついたように、黙ってじっと前を見ている。

「どうですか。あなた、白石社長と電話で話しているじゃないですか」

「原告代理人、これは隠し録りでっしゃろ、違法じゃないか。だいいち、こちらに事前に確認する機会を与えないのは不当だ」と佐藤弁護士も抗議を述べたが、テープに録音されていた話のインパクトからしてまったく迫力がなかった。

ひょろり君は、佐藤弁護士の異議を無視して桜井証人の前に立った。

「どうですか。あなたはこれでも自分は嘘を言っていないと言うのですか？」

「……」

「答えられないのですか。では、『大鳥』で被告と会ったことはどうですか？」

「証人は聞かれたことにちゃんと答えてください」と裁判官が厳しい顔で注意した。

「……会いました……」

うつむいて蚊の泣くような声で答えた。

「そこで、白石社長に対する不満を話したのですね？」

「……」

「そして、裁判で被告と組んで、原告に不利な証言をしようということになったのですね？」

「……」

「ところで、あなたは私の事務所に来る前に、佐藤弁護士と会っていますか？」

「はい」

「そこでは、実は原告の打ち合わせでは原告の主張に合わせる話をして、法廷での証言でそれをひっくり返すという話をしていませんか？」

本来、弁護士との話の内容を質問することは、弁護士倫理として問題がないわけではないが、前回の佐藤弁護士の表情からは、もしかしたらありうることかと思って、思い切って突っ込んだ。

急転、和解

突然、佐藤弁護士が立ち上がった。「裁判官、被告としては和解を申し入れます」

ひょろり君は、これには驚いた。隣にいる白石社長と顔を見合わせた。「どうします？」と小声で尋ねると「まあ、先生におまかせします」と答えた。

「裁判官、原告としては、条件を聞かせていただいたうえで和解に応じるか考えたいと思います」

そこで、急遽和解の協議をすることになり、法廷から和解室に移ることになった。和解室には、裁判官と両弁護士、そして当事者本人も同席した。

まず裁判官が口を開いた。「被告側はどのような案を提案されますか？」

「原告の請求額の70パーセントを分割で支払いたいと思います」佐藤弁護士は答えた。

ひょろり君は考えた。相手が折れてくると、ついそれに応じたくなるのがひょろり君の甘い性格である。ただ、今度ばかりは、自分が罠にはめられて危うく敗訴しかけたという思いもある。全額を支払わなければ和解しないと言おうか、少しは減額しようか……。

迷っていると、裁判官が思いがけないことを言った。「まあ、原告の立場としては減額する理由がないということでしょうね。被告代理人、ここは分割払いは原告に飲んでもらうとして、やはり全額でないと和解は難しいのでは？」ひょろり君に対して向けられたその目には笑みが浮かんでいるように見えた。

佐藤弁護士は、被告と何やらひそひそ話していたが、あきらめたように「わかりました。裁判官の言われるように、全額を5回分割で毎月末日に支払うということで了解します」

ひょろり君は、隣の白石社長が頷くのを見て、「原告としてもその案に応じます」と答えた。

祝杯

その夜は、白石社長がぜひにと言うので、「大鳥」で祝杯を上げた。カウンターの向こうからは大将がにこにこしながら、香ばしく焼けた焼き鳥の串を差し出したり、ビールを注いだりしてくれた。

白石社長は、真っ赤になりながら、大きな声でひょろり君の肩を叩きながら言った。「最初は、若うて頼りない先生やと思たんやけど、あんたもなかなかやらはりますなあ」

「はあ」

ひょろり君は、ちょっと煙たく、明るい活気のある店内で、何回も大将の証言の様子を繰り返し口まねしては大笑いしている白石社長を見ながら、結局、この裁判は、ひょろり君の力で勝ったのではなくて、白石社長の執念があったからこそ勝てたんだなと思った。同時に、裁判の怖さも思い知ったのだった。

第4話　父親は誰だ

死後認知の依頼

「ねえ、何かお菓子とジュースみたいのない？」

ひょろり君は、相談室で3歳の子供がグズるの見て、事務の優子さんに言った。優子さんは「昨日、依頼者の方からいただいたクッキーならありますけど」

「あー、それでいいよ」優子さんが、クッキーとリンゴジュースを差し出すと、母親は「徹、よかったね」と言って、子供にジュースを飲ませた。

ようやく静かになったので、ひょろり君は、母親に話の先を急がせた。母親といっても、ひょろり君の目の前にいる女性は、まだあどけなさが残っていた。それでいながら、何かやつれたような感じもしていた。

母親の名前は尚子といった。以前にクラブに勤めていた時に、客として来ていた妻子ある男性と同棲したという。その男性は玉木一郎という名前であったが、妻とは事実上別居に近い状態で、男性の購入したマンションで一緒に暮らしていた。

そして、自然のなりゆきとして2人の間に子供ができた。男性は喜んで、出産時には入院の保証人欄に出産する子の父親として署名・押印し、出産後には子供に徹という名前をつけた。「名前をつけるためにいろいろ名前の候補を書いたメモがこれです」と言って、母親はくしゃくしゃになったメモを見せた。それらには、マンションのベランダで小さな赤ん坊を抱いてうれしそうにしている男性が写っていた。それが、その子の父親だった。

法律上婚姻している夫婦の間に産まれた子については、その父親の子と法律上推定される。しかし、この場合のように、正式な夫婦でない男女の間に産まれた子は、母親の子として扱われるが、当然には父親の子とはならない。この場合には、父親がその子を自分の子として認知する必要がある。

この男性は、母親に対してはいつでも認知すると言っていた。ただ、同時に男性は妻とも離婚をするから、その時に一緒に認知すると言っていた。ところが、離婚の話が手間取ったため、認知もされないで歳月が流れていった。

ところが、運命とは過酷なもので、そうしている間に父親が交通事故で死亡してしまった。それが、今から2カ月前のことであった。母親にしてみれば、子供の父親がいないままの状態でいるのは可哀相なので、なんとかする方法はないのかという相談だった。

「そういう場合には、死後認知請求といって、徹君が原告となって京都地方検察庁の検事正を被告として、自分の父親はこの男性であるという判決をしてもらうよう求める裁判をすることができます。この判決があれば、戸籍にも父親として載りますし、相続権だって生じますよ」

その話を聞いて、母親の顔がパッと輝いた。「そうですか。それやったら、この子も喜びます」

しかし、その後ですぐに母親は不安げな表情に戻り「その裁判って難しいんでしょうか？」と尋ねた。

「いや、そんなに難しくないんだけど、鑑定が必要になるでしょうね」

「鑑定ですか」

「ええ、DNA鑑定といって、血液中のDNAを採取して、父親の子かどうか調べるんです」

「でも父親はもう死んで、いませんけど」

「そういう場合でも、父親には実の娘がいるのでしょう？　そうしたら、その娘と徹君のDNAを比べるんです」とひょろり君は説明したが、未だDNA鑑定というものをしたことはなかった。それ以上詳しいことを聞かれたら困るなと思っていたら、それ以上は聞かれないで済んだ。

「でも、本当にその男性のお子さんであることは間違いありませんか？」

その質問を聞いて、母親は何と失礼なことを尋ねるのかという怖い顔をして、「絶対に間違いありません」と答えた。

ひょろり君も、入院時の保証人になっていることや、写真があるし、大丈夫だろうと考えた。念のため血液型を確認すると父親も息子もA型であるということだったので、認知の判決は出るだろうと考えた。それに、被告は検事だから、本気では争わないだろうとも安易に考えた。

そしてひょろり君は、死後認知の訴えの委任状に署名・押印をしてもらった。後日詳しい打ち合わせをすることにして、今日は打ち合わせを終了した。椅子から立ち上がりながら、母親はひょろり君に尋ねた。

「あのう、もしこの子が実の息子と認められた場合には、父親の交通事故による損害賠償金はもらえるのでしょうか？」

「えっ？　ええ、それはそうですね。相続人ということになりますから、妻と娘と徹君の３人が相続人になります。ただし、徹君は非嫡出子ですから、娘の半分の相続分となり、結局６分の１の権利があることになりますね」

「そうですか」母親は安心したように事務所を後にした。

「そうか……。ただ、あの子の父親をはっきりさせたかっただけじゃあなかったんだな」とひょろり君は呟いた。

それから数日間は別の事件で忙殺されたので、この事件にかかることはできなかったが、数日過ぎた日の夜、認知の裁判に関する解説書を読んだ。今のようにＤＮＡ鑑定等というものがなかった昔の認知は、母親がその子が妊娠した時期に父親であると主張されている男性との同棲があったか、つまり懐胎する可能性があったかということのほかに、父親と子の手相、足の形や人相が似ているかということが問題とされていたということである。確かに、そういわれてみると、意外に手や指の形は親の形とそっくりということがある。そして、母親と父親の血液型から、その子の血液型が生じうることが遺伝学的に矛盾がないといえるかということが必要とされていたということである。

「そうか、昔はなにか牧歌的だったんだな」

その解説書によれば、最近はＤＮＡ鑑定が行われるのが普通であるということである。ただし、ＤＮＡ鑑定は、父親と子の間の親子関係を確率の問題で示すだけであり、父と子の関係があるか否かを決定づけるものではないらしい。「そうか、そういえばＯ・Ｊ・シンプソンが無罪になった時も、被害者に付着した犯人のものと思われる血液のＤＮＡがＯ・Ｊ・シンプソンのものと一致したからといって、ほかにもたくさん犯人の可能性のある者がいるということで無罪になったんだったたっけ」

それから、ひょろり君は、さっそく訴状の作成にとりかかった。

訴状には、子である徹君が父親の息子であることを認めるべき事情として、懐胎時期に父親が母親とマンションで同棲していたこと、出産に父親として立ち会ったこと、名前をつけたことを記載し、入院保証書、名前を検討したメモ、徹君と一緒に写っている写真等を証拠として用意することにした。

そして、訴状を裁判所に提出してから数日して、裁判所からこの事件が第1民事部に係属したという連絡が来た。第1回目の期日は12月20日午前10時ということだった。

裁判開始

当日、ひょろり君が裁判所に行くと、若い検事が来ていた。ひょろり君はその検事とは初めてだったので、挨拶をした。検事は、笑いながら「まったく事情がわかりませんから」と言った。

裁判官は、ひょろり君に「訴状のとおり陳述ですね？」と言った。「はい」と腰を少し浮かしてひょろり君は答えた。裁判官は、今度は検察官を見ながら「被告は答弁書のとおりですね？」と聞いた。検察官はあわてたように頷く。民事裁判は慣れていないので、なんとなく態度がぎこちない。

裁判官は検察官に「亡玉木の親族への通知はしていますか？」と尋ねた。するると、検察官は、「はい、妻と娘がありますので、連絡はしております」と答えた。

「で、何か連絡はありましたか？」

「はい。訴訟参加する予定と聞いております」

「そうですか。では実質的な反論は次回ということですね」そう言って、裁判官は次回期日を指定した。

検察官がなぜこの訴訟のことを妻と娘に告知したかというと、妻と子は裁判の直接の相手ではないが、その判決の結果に利害を有しているので、あらかじめ、その親族に認知の裁判になっていることを告知し、訴訟に参加して自分の言い分を言う機会を与えるのである。

避妊手術だって？

さて、第2回目の期日には、検察官のほかに、亡玉木の妻良子と娘聡子の代理人である君島弁護士も出席していた。君島弁護士は、「ぎりぎりになってしまいました」と言って、答弁書を差し出した。それには、認知の請求を徹底的に争うと記載してあった。それは予想どおりだったが、それに引き続いて記載されている内容を見て、ひょろり君は脳天を一撃されたような衝撃を受けた。

「原告が父であると主張する亡玉木は、今から約25年前の昭和51年頃に避妊手術（パイプカット）を受けていた。よって、原告の母親を妊娠させることはありえず、原告の請求は失当である」

避妊手術だって！　そんなことがあるのか？　えーっ嘘だろう……。

ひょろり君は、唖然としたまま、原告席についた。

裁判官は「参加人は参加申出書のとおりですね。原告には異議ありませんね？」

「はい」

「では参加人は答弁書のとおり陳述されますね？」

「はい」

「参加人は、亡玉木が避妊手術をしていると主張していますが、どのように立証する予定ですか？」

「はい、手術をした病院はわかっていますので、カルテの取り寄せを申請します」

「では、参加人は今日付けで文書送付嘱託の申し立てをしてください。それから、原告からは、原告のDNAと参加人聡子のDNAの一致率から原告と亡玉木との親子関係を調べる鑑定の申し立てがされていますが、まずはカルテの取り寄せをしてから、そのうえで鑑定の採否を考えたいと思います」

文書の送付嘱託とは、裁判所が文書、この場合はカルテだが、それを病院に送るよう依頼をして、これを証拠とする手続のことだ。もし、カルテにパイプカットのことが書かれていたら、この裁判は一巻の終わりじゃないか。

依頼者を疑う

法廷から事務所に帰ったひょろり君は、鞄を床に放り投げると、すぐに母親に電話した。「はい」いつもの母親の声がした。「弁護士の鴨川ですが。お母さんですか？　今日、裁判がありまして、本妻さんと娘さんが弁護士を依頼して、裁判に参加してきました。で、その本妻達の言い分によると、玉木さんはパイプカットしていて、妊娠はできないはずだということなんですが、どうなんですか？」ひょろり君は知らずに詰問調になっていた。

「パイプカット……？　そんなことは聞いていませんでした。それに、そんなはずはありません。絶対に徹は私たちの子です」

「間違いありませんか？」

「はい」

「でも、もしカルテにそのことが書いてあったら、この裁判は終わりですよ」

「はぁ？　ですけど本当にそうなんですから」

ひょろり君は、母親がまだ事態の深刻さを認識していないような頼りない気がしたが、ここはこのままいくしかない。

電話を切った時にちょうどデスクに書類を届けに来た優子さんに愚痴った。

「人の言うことはわからないね。今回の女性依頼者は、どうやら僕に本当のことを言っていないかもね。何か人間不信、いや女性不信に陥りそうだよ」

優子さんは「そうなんですか、でもなんだか寂しいですね」と生真面目に答えた。しかし、その後ろから「先生、弁護士たるものがそんなに簡単に人を嘘つきと決めつけていいんですか」という大坪女史の声がした。ひょろり君は優子さんを見て舌をペロッと出した。

その3週間後、裁判所からひょろり君に、病院からはカルテの保存期間が過ぎていて、カルテが残っていないという回答がきたという連絡が来た。ひょろり君はほっとしたが、単に結論が先送りされただけにすぎなかった。

産婦人科医の証言

裁判官は法壇の上から記録を見ながら、「カルテが残っていないということですが、参加人としてはどうされますか？」と君島弁護士に尋ねた。

君島弁護士は、「それは残念ですが、いたしかたありません。参加人の妻の話によると、当時に担当したのが大原という医師であるということで、その医師がまだこの病院にいることがわかりましたので、大原医師を証人として申請をします」と述べた。

「なんだ、医者の名前までわかっているのか。これはまずいな」ひょろり君は、あいかわらず事態が危機的であると感じた。

裁判所は、君島弁護士の申請どおり、大原医師の証人申請を採用し、2カ月後に証人尋問することが決まった。

その証言の日が来た。

「証人は、先ほど宣誓されましたので、ことさら記憶に反する証言をされますと偽証罪で処罰されますので、そのようなことのないよう注意してください。では、参加人代理人から質問をどうぞ」裁判官に促されて、君島弁護士は立ち上がり質問を始めた。

「証人は、現在、洛陽産婦人科の院長でいらっしゃいますか？」

「はい」

「いつから洛陽産婦人科におられるのですか？」

「私の父がもともと洛陽産婦人科を始めまして、私も医師になってからずっとそこで働いています」

「昭和50年前後は、診察をしていたのはあなただけですか？」

「いいえ、その頃でしたら、父も私も診察していました」

「先日、カルテを調べていただいたら、カルテは保存期間が経過していて残っていなかったのですが、玉木一郎という患者さんが洛陽産婦人科の患者さんとしていませんでしたか？」

「ええ、先日もそのように言われましたので、調べましたら、カルテはありませんでしたが、玉木一郎さんという方は確かに患者さんとしては来ていたようです」

「どうしてそうわかるのですか？」

「実は、うちの医院では、患者さんの連絡先を書いた患者リストを別に作っていて、それを見たら、玉木一郎さんという患者さんの名前がありました」

「先日、その写しをいただきましたが、これがそうですか？」と言って君島弁護士は、患者リストの中の、玉木一郎の記載のある箇所を示した。

「そうです」

「これを丙第1号証として提出します」と言って、君島弁護士は患者リストのコピーを証拠として提出した。

「このリストには玉木一郎さんの住所と電話番号が書かれていますね？」

「ええ」

ひょろり君が丙第1号証に目を落とすと、そこに記載されている住所はまぎれもなく、参加人の住所であった。これで、同姓同名の別人であるという可能性を引き出すというひょろり君の反対尋問構想は駄目になった。

「証人は、玉木一郎さんについて、どのような医療行為を行いましたか？」

「それは、まったく覚えていないのです」

「では、どうですか。避妊措置、いわゆるパイプカットをしたということはありませんでしたか？」

「まあ、男性の患者さんであれば、その可能性はあります」

「玉木一郎さんの奥さんの話によれば、玉木さんは昭和51年頃にあなたの医院でパイプカットの手術を受けたと言っているのですが……」

「異議あり！　誘導尋問です」ひょろり君は立ち上がって叫んだ。

「認めます」裁判官が君島弁護士に注意をした。

「通常、男性が産婦人科に来る場合にはパイプカットに来る場合がありますか？」

「はい」

「あなた自身、昭和51年頃、患者にパイプカットの手術をしたことはありますか？」

「昭和51年かと言われますと自信がありませんが、まあ、その手術をしたことはあります」

「そうすると、昭和51年に、玉木一郎さんにパイプカットの手術をした可能性は大いにあるということでよろしいですね？」

「ええ、まあそう言えるとは思います」

「以上です」

ひょろり君は反対尋問を始めた。

「証人の記憶としては、玉木一郎さんがどのような治療を受けたかはまったくわからないということですね？」

「はい」

「男性が、産婦人科で治療を受ける場合、不妊治療という場合もありますね？」

この質問をしたのは、実は依頼者の母親と打ち合わせをした時に、亡玉木が母親に「結婚しても子供ができないので、昔、医者に精子を調べてもらったことがあり、普通の人に比べて少し精子の数が少ないので精子を増やす薬を飲んでいた」という話をしたということを聞いていたからだ。

「そうですね。夫婦で子供ができない場合、女性だけでなく男性について原因がないかを診察することがあります」

「例えば、男性の精子が少ない場合に、投薬治療をする場合がありますか？」

「はい」

「その場合、投薬治療によって子供ができるようになりますか？」

「そうですね。効果を生じることが多いですね」

「どうですか、男性がパイプカットに来る可能性と不妊治療に来る場合とでは、どちらが多いですか？」

「まあ、どちらかというと、不妊治療のほうが多いでしょうね」

「ということは、玉木一郎さんは、パイプカットではなくて、不妊治療を受けていた可能性もありますね？」

ひょろり君がちらっと君島弁護士を見た時に、君島弁護士は苦々しい表情をしていた。

「はい」

「終わります」

ひょろり君は、「フーッ」と息を吐きながら椅子に腰を下ろした。これで、パイプカットの主張は決定的ではなくなったなと、ひょろり君は安堵した。

まさかのＤＮＡ鑑定

裁判官は、君島弁護士に、「他に避妊治療を立証する証拠はありますか」と尋ねた。君島弁護士は「後は、参加人本人の証言です」と答えた。すると裁判官はひょろり君に尋ねた。「では、原告側はどうされますか？」

「参加人である亡玉木さんの娘聡子さんと原告の血液中のＤＮＡ鑑定をしていただくようお願いします」

ひょろり君は、ＤＮＡ鑑定をする専門会社に、事前にどのような鑑定をするのかを聞いておいた。

「原告の主張からすれば、原告と聡子さんは、母は違いますが、父親を同じくする兄弟ですから、ＤＮＡが約35パーセント一致するはずです。これによって、玉木一郎と原告の親子関係が明らかになるのです」

「その鑑定には、聡子さんの血液が必要ということですから、聡子さんの協力が必要なのですね？」

「はい」

「参加人としては、この鑑定に協力していただけるのですか？」

「まあ、不本意でしょうが、裁判所からのご指示ということであれば、仕方ないということです」

「では、鑑定を採用します」

「よし、これでばっちりだ」ひょろり君は、心の中で呟いた。

その後、約1カ月して、裁判所からの鑑定依頼を受けた鑑定会社の担当者が裁判所に出頭し、誠実に鑑定するという宣誓をした。そして、その場で、その鑑定会社の提携する医院において原告と聡子から血液を採取することが決められた。

ひょろり君も、その医院に徹と母親と３人で出向いた。医院には聡子も来ていた。病室で看護師から血液を採取される時の徹の痛そうな顔を見て、心が痛んだ。母親も、「ごめんね。すぐに終わるからね」と言っている。医院を出る時に、「これで検査の結果さえ出れば、裁判も決まりですからね」と言って励ました。ひょろり君自身も、これで後は検査の結果を待つだけだと、裁判も終わったような気がした。これこれ、ひょろり君、裁判はそんなに甘くないのを忘れたのですか。

それから、３週間後、裁判所に鑑定書が提出された。裁判所から鑑定書を受け取ると、すぐに中を読んだ。

「なになに……えーっと、原告と聡子のＤＮＡ一致率は15パーセントで、片親を同じくする兄弟とは認められない？　よって、原告と亡き玉木一郎間には親子関係は認められない！　えーっ！」

鑑定書には、ＤＮＡのスペクトルが示され、２人の一致率が15パーセントしかないことが記載されていた。他人同士の一致率が11パーセントあり、片親が同じ兄弟の場合には25パーセントが一致するはずなので、一致率は合計36パーセントになるはずである。

ところが、徹君の場合は、なんと15パーセントしかない。これでは、完全に他人ということになる。どういうことだ。すぐに母親に電話して、大事な話があるのでと言って事務所に来てもらった。ひょろり君の目の前に座った母親に、ひょろり君は鑑定書を差し出した。

「この鑑定によると、徹君は玉木さんの子ではないということですよ。どうなんですか？」ひょろり君の口調は明らかに母親を疑っていた。母親は、しばらく鑑定書を見ていたが、ひょろり君を弱々しそうに見て、「どういうことなんかわかりませんけど、玉木は父親です。それ以外の男の人のはずありません。鑑定書が間違ってるのではないですか？」と言った。ひょろり君は「鑑定が間違っているなんてことはありえませんよ。……本当に間違いないのですか？」

「間違いありません」

ひょろり君はまったく確信が持てなかった。

「じゃあ、どうして聡子と兄弟にならないのだろう」

「わかりません……」

結局、母親の間違いないという言葉を何回聞いても、ひょろり君は依頼者からだまされているのではという疑念が晴れないままだった。

あきらめないぞ、逆転だ

ひょろり君は、その後どうするのか悩みに悩んだ。ＤＮＡ鑑定そのものの信用性を覆せないか文献を読み漁った。ＤＮＡ鑑定は一定の確率を示すものに過ぎず、決定的なものではないという論法で争おうかと思ったが、説得力はないし、だいたいこちらからＤＮＡ鑑定を申し立てておいて、こちらに不利だからこれを争うというのは見識がない。もう1週間後に裁判の日が迫っている。何かしないと、このままで裁判の審理は終わり、完全に裁判は負けてしまう。どうしよう、どうしようと呪文のように唱えるだけだった。結局、どうしていいかわからないまま、裁判の3日前の夜になった。夜9時頃、事務所では源弁護士と2人きりになった。源弁護士は事務員からこの事件の経過を聞いていた。源弁護士は、ひょろり君が悩んでいる姿を見て言った。

「ひょろり先生、裁判は事実が大事ですよ。そして、その事実はとことん調べないとわからないこともありますよ」

そこまではひょろり君も同感だ。だが、どうしたらいいのか。

「人間は必ず親族がいるものですが、亡くなった父親の親族はもういないのですか？」その一言を聞いて、ひょろり君には閃くものがあった。

すぐに、依頼者の母親に電話した。

「一郎さんの父親は生きていますか？」

「確か、大阪に一人で暮らしてはると聞いてましたけど……」

「なるほど。もし父親が生きていれば、もう一度鑑定してもらうという手があります」

「はあ……。あのう、これはもしかしたら違うかもしれませんけど、聡子さんは本妻さんと一郎さんの間の子とは違うということはないのでしょうか？」

「えっ」

「玉木さんが一度だけゆうてはったんですけど、聡子さんと自分は似てへん、もしかしたら自分の子とは違うかもしれへんてゆうてはったことがありました。私がまさかというたら、やっぱりそんなことないわなとはゆうてはりましたけど」

その話を聞いて、ひょろり君は膝を叩いた。「そうか！」ひょろり君は、玉木が昭和50年頃、不妊治療を受けたという話を思い出した。もし、不妊治療を受ける前に聡子が産まれていたとしたら……。玉木一郎の子ではなかった可能性がある。それなら、聡子と徹が兄弟でないとしても、徹が一郎の子ではないということにはならない。

とりあえず、ひょろり君は電話を切って、記録の中にある玉木一郎の戸籍謄本を調べた。玉木一郎の父親は玉木平造、大正13年3月8日生まれとある。生きていれば80歳近くだ。こちらの主張からすれば、徹は平造の孫になる。もう一度ＤＮＡ鑑定をしてみるか。だけど、同じ結果だったら……。駄目でもともとだ。やろう。そう決めると、ひょろり君はさっそく平造と徹のＤＮＡ鑑定を申し立てる鑑定申立書を作成した。そして、ファックスで君島弁護士に送付しておいた。

鑑定採否の攻防

３日後、法廷で君島弁護士は、烈火のごとく鑑定に反対した。

「すでに原告の申し立てた鑑定が採用されて、結果が出ているのですよ。もうこれで裁判は終結すべきです」

「いいえ、まだ、これでは不十分です。ＤＮＡ鑑定は可能性を示唆するにすぎません。前の鑑定は兄弟というい わば横の関係です。今回申し立てているのは、孫と祖父という縦の関係です。原告としては、この鑑定が出れば、その結論に異論はありません。なんとかお願いします。もう本当にこれが最後です」ひょろり君は必死に食い下がる。

「ところで、平造さんは存命されているのですか？」

裁判官の問いにひょろり君はドキッとした。ところが、君島弁護士は、「はい、そう聞いています」と答えた。「やった、生きている」ひょろり君は安堵するとともに、君島弁護士の誠実な態度に感心した。

「しかし、血液を採るということになると平造さんの任意の協力が不可欠ですが、協力は得られますか？」

裁判官はなお慎重だ。

「それはまだ確認していません」そして、昨日から頭を絞った作戦を使うことにした。

「裁判官、できれば平造さんの証人尋問をお願いします。尋問事項は、玉木一郎が生前、父親に対して徹君のことをどのように説明していたかということですが、同時にその際に鑑定に協力いただけるか確認いたします」そう言ってひょろり君は裁判官をぐっと見上げた。

「ウーン」しばらく記録を眺めていた裁判官はあきらめたように言った。

「では、玉木平造氏を証人として採用しましょう。鑑定については留保します」

ひょろり君は、首の皮一枚でつながったと感じた。その後、番号案内で調べてみると、運よく玉木平造の本籍地に玉木平造名義で電話が登録されていることがわかった。その番号に電話をしてみる。かなりの回数呼び出し音が鳴った後で、年老いた男性の声がした。

「もしもし」

「玉木さんのお宅ですか？」

「そうですが……」

「平造さんですか？」

「はい、どちらさんですか？」

「はじめまして、弁護士の鴨川と申します。実は一郎さんのお子さんの件でお電話しました」

沈黙が流れる。あきらかに歓迎せざる電話だ。ひょろり君は一方的にこちらの事情を説明して、鑑定への協力を依頼した。しかし、平造氏は「そのことに私は関わりたくない」とつれない返事だった。

「でも、一郎さんのお子さんが、親がわからないままになるのですよ」

「……鑑定に応じるのは義務ですやろか？」

「いえ、義務ではありませんが、裁判所で真実を明らかにするためには、この鑑定は必要なことです。司法に協力するのは国民の義務です」

「裁判官が、そうしろゆうてはるんですか？」

「もし、裁判官がお願いしたいと言えば、協力いただけますか？」

「……どうしてもと裁判官がゆわはるなら考えますすけど」と答えてくれた。

ひょろり君は、このやりとりで平造氏が昔ながらの生真面目な日本人気質の老人であると想像した。こういう人なら、法廷で裁判への協力を頼めば承諾してもらえるのではないかと予想した。

法廷で証人として出頭した平造氏を見て、自分の想像が間違っていなかったことを実感した。だいぶ年はとっているが、背筋を伸ばして毅然として証言席に座っていた。ひょろり君は、本来の尋問事項ではなく、目的に向かって突き進んだ。

「証人は、本件の争点である徹が玉木一郎氏の息子であるか否かを明らかにするために、裁判所から協力をお願いすれば、協力いただけますか？」はたしてどう答えるか。これですべてが決まる。ひょろり君の胸が高鳴る。

「はあ。裁判官が言われるのであれば」

やったあ。ひょろり君はぐっと拳を握った。

「質問は以上です」

ひょろり君は腰を下ろした。これなら相手の弁護士も反対尋問はないだろう。案の定、君島弁護士は反対尋問はないと言う。

「裁判官、ぜひとも鑑定を願いします」わざわざ呼び出した証人が鑑定に協力すると言っているのに、これを拒否はしにくい。裁判官は「では鑑定を採用します。鑑定は以前と同じ鑑定人でよいですね？」と言った。さあ、これで最後の勝負だ。

もう一度、徹君に痛い思いをさせるのは忍びなかったが、仕方ない。２人からの採血は順調にいった。

運命の鑑定結果

その後、裁判所から鑑定書が届いたという連絡が来た。事務員が持ち帰った鑑定書を見るのが怖かった。見たくないとも思った。事務の優子さんに「代わりに見てよ」と言ったが、「やっぱり自分で見る」と言った。おそるおそる結論を見る。

「原告と平造の間には、祖父、孫の関係がある。一致率は37パーセントである」

「やった！」思わず、ひょろり君は事務所内で大声を出した。優子さんもびっくりした後で、すぐににこにこして「先生、よかったですね」と言った。

「この鑑定は矛盾している」と法廷で君島弁護士は大いに憤慨していた。

「前の鑑定では玉木の子ではないとしながら、今回の鑑定は玉木の子であるという結論で、完全に矛盾しているではないですか。これでは信用性はまったくないと言わねばならない」

「いいえ、正確に言うと、第1鑑定は、聡子と原告間の兄弟関係の有無についてであり、第2鑑定は平造と原告の祖父、孫関係についてです。原告としては、必ずしも矛盾するとは考えません」ひょろり君は、何の確証もない以上、聡子が一郎の子でないと言うことはできなかった。

君島弁護士にとっては、あまりにこの鑑定のことを追及するのは危険であった。もし、君島弁護士が本妻から、聡子が一郎の子ではないと聞いていたら、このような追及はするはずがなかった。だから、本当に君島弁護士は本妻からは何も聞いていないのであろう。あいかわらず「鑑定は矛盾しているので、鑑定人尋問を要求する」と息まいた。

ひょろり君はあえて反対しなかった。おそらく鑑定人は、両鑑定が矛盾していないことを説明するために、聡子と一郎の親子関係が証明されていないということを述べるであろう。それは、まさに聡子が一郎の子でないことを暗に示すことになるのである。

そして裁判官は、この鑑定人尋問を採用した。ひょろり君は、君島弁護士はこの鑑定人尋問で何を言わせようとしているのかと訝った。しかし、いずれにせよ、この証言を最後にして勝負はつくはずだった。

いよいよ、鑑定人尋問がされる予定日の2日前に突然、本妻が事務所を訪ねてきた。電話でサラ金業者と大声で怒鳴り合っていたひょろり君は、あわてて電話を切って受付に飛んで行った。

本妻の顔を見るなり開口一番尋ねた。

「君島先生は、このことをご存じですか？」

「いいえ、知りません」

「それなら直接お話しするわけにはいきません。君島先生を通してください」

「お願いです。この裁判はもうこれ以上やめてください」

「そう言われても、そういうわけにはいきません。もし、これ以上続けることに問題があるのなら、君島先生にそうおっしゃってください」

そう言うと、本妻は泣き出しそうな悲しい顔になり、事務所を出ていった。ひょろり君は、本妻は、鑑定人の答えによって聡子が一郎の子ではないという可能性を指摘されることを恐れているのだろうなと推測した。

事務所の奥で源弁護士と話をしていた大坪女史は、源弁護士から何やら言われて頷いてから、ひょろり君のところに来て、「先生、君島先生のところに、今、電話をつなぎますね」と言った。断固たる言い方には、当然にそうすべきだという含みが込められていた。

幸い君島弁護士は事務所にいた。ひょろり君が、今、本妻が訪ねてきて、裁判をやめてほしいと言ったことを伝えた。ひょろり君は、自分の推測を君島弁護士に伝えて、鑑定人尋問が本当に本妻にとって望ましいことなのか自分は疑問に思っていると言った。しばらくじっと聞いていた君島弁護士は、よく本妻と話し合ってみると答えた。

そして、その翌日、突然、参加人側から鑑定人尋問は放棄するという書面が出された。ひょろり君は、おそらく本妻が君島弁護士に話したのであろうなと想像した。

そして、鑑定人尋問の予定日に君島弁護士は、参加人としては、これで審理を終えて判決されたいと言ってきた。ひょろり君も、聡子が一郎の子であるという前提からは、鑑定は一見矛盾しているが、その他の間接事実からすれば、まず勝訴は間違いないだろうと考え、これに応じることにした。

1カ月半後、原告の請求どおり、徹が玉木一郎の子であるという勝訴判決が出された。この判決では、聡子と一郎に父子関係があるのかないのかという点には触れていなかった。ひょろり君は、ほぼ大丈夫だろうと予想していたものの、やっと終わったかという安堵感が強かった。しかし、なぜか、この事件に関しては、勝訴による達成感は小さかった。

母親は喜んだ。そして、さっそく、玉木一郎の死亡による損害賠償請求の依頼を受けた。母親は、ひょろり君に尋ねた。

「聡子さんが一郎さんの子とちごたということが、裁判ではっきりしたんですやろか？」

「いいえ、それは藪の中です」

「聡子さんが一郎さんの子とちゃうということになると、こちらからの相続分が多くなるんちゃいますの？」

ひょろり君は頷いた。

「こちらから、聡子さんが一郎さんの子とはちゃうという裁判を起こせますか？」と聞いてきた。

ひょろり君は、幼い子を持つ母親の貪欲さを見た思いがして、恐ろしい思いがした。

「それはできますが、そこまでやりますか？　あなたは一郎さんの生命保険金を全部受け取ったうえに、事故の保険金も手に入れることができるのですよ。さらに聡子さんを追い詰めるような裁判をするというのなら、僕ではない、他の弁護士に頼んでくれませんか」ひょろり君はきっぱりそう言った。

それを聞いて母親は手を振りながら、「いえいえ、もういいんです。そんなつもりはありません」と言ってくれたのでほっとした。

花の木にて

祇園の「花の木」で、ひょろり君は抽象化して今回の事件の顛末をママに話した。その口ぶりは明らかに自慢げに聞こえる話しぶりだった。ひょろり君は酒を飲んだせいもあって、調子に乗りすぎて、本妻は不倫をして子供をつくったに違いない、それなのにひょろり君の依頼者の裁判で争うのは厚かましいよねと言った。

それを聞いた花見小路ママは、「ひょろり先生、女が子供を産むということは、ええかげんな気持ちではできまへん。仮に、そのお子さんがその父親のお子さんでないとしても、きっと、その本妻さんにかて、やむにやまれん事情があらはったんとちゃいますか」と言った。

ひょろり君は、ヒヤッとした。いたずらをした子供が親に叱られて、はじめて自分のしたことが悪いことであったことを知ったような感じだった。

「それにしても裁判って残酷どすなあ。どっちが勝ってもどちらかが傷つかはりますねんなあ」ママはしみじみ言った。「弁護士さんは、そんなふうに心の傷を暴くような仕事をするのやし、いくら相手でも、その人に対する配慮を忘れないようにしないとね」と諭した。

ますますシュンとなったひょろり君は、きゅうに静かになり、水割りばかりを飲み出した。ママはそんなひょろり君を見て薬が効き過ぎたと感じたのか、「でも、ひょろり先生のおかげで、そのお子さんは父親が決まってよろしおましたなあ」と褒めた。「そんなしらじらしいことを言ったって……」と言いかけた時に数人の客が入ってきたので、事件の話はできなくなった。ややほろ酔いの中で、ひょろり君は「真相は藪の中か……」と呟いた。そしてすぐに「そんな題名の芥川龍之介の小説があったっけ」と思った。

第5話　裁かれるべきもの

殺人事件の依頼

ひょろり君は、寝ていたままのTシャツと短パン姿で朝、自宅のマンションの郵便受けから朝刊を取った。自分でいれたコーヒーの香りの漂うキッチンのテーブルに腰かけて、朝刊を広げた。一面から順番に読み進み、三面の記事の中で、一つ目が止まった記事があった。「シンナー中毒で家庭内暴力を繰り返す27歳の息子を両親が殺害。逮捕される」という記事だった。「ウーン。悲惨な事件だな。執行猶予か実刑の限界事例だな。誰か刑事事件をよくやる京都の弁護士が受任して弁護するんだろうな」と思った。

ひととおり新聞を読み終わると、オリゴ糖入りヨーグルトを食べた後で、納豆ご飯の食事を終えた。食器を流しに置いて水に浸けたままにして、シャワーを浴び、着替えをしてマンションの部屋を出た。鍵を閉めている最中に、「おっと、今日はゴミの日だったっけ」といって、ゴミ袋をぶら下げて、マンションのゴミ置き場に出した。そして、自転車置き場に行って、愛用のシルバーのママチャリにまたがった。

夏には、ひょろり君は自転車で事務所に出勤することが多い。走っている間は気持ちがいいが、止まると汗がどっと噴き出る。汗を拭きながら事務所に入ると、老朽化したクーラーが必死にガンガン大きな音を出して冷気を吐き出している。そのおかげで、室内はひんやりしていた。「うー、気持ちいい」と言いながら、ひょろり君はクーラーの前で、ワイシャツの襟首を広げて冷気をワイシャツの中に取り込んでウーウー言って喜んでいた。

事務の優子さんは、そんなひょろり君の様子を見て、呆れたように笑いながら、ココアをデスクに置いていった。やっと汗がひいてデスクに座った瞬間、電話が鳴った。優子さんが「大阪の西村弁護士からお電話です」と言った。ひょろり君と同期の弁護士だ。

「はい。やあ、久しぶり。どうしたの」

「実は、今日新聞に載っているんだけども、両親が息子を殺して逮捕された事件があるんだ……」

「うん、見た見た」

「実は、父親が勤めている会社が、僕が顧問をしている会社で、その事件について弁護をしてほしいと依頼を受けたんだけどねえ、今は、ちょっと手一杯ですぐに動けないんだ。京都の事件だし、ひょろり君に頼めないかと思ってね」

「へえーっ、僕でいいのかなあ。刑事事件はあんまりやっていないんだけどねえ」

「ひょろり君なら大丈夫だよ。真面目な夫婦らしいし、頼むよ」

「うーん……、わかった。僕でよければ、せっかく声をかけてくれたのだし、やらせてもらうよ」

「よかった。じゃあ、父親のお兄さんがいろいろ動いてくれるので、お兄さんから電話してもらうよ。じゃあ」

「うん。ありがとう。さよなら」

ひょろり君は、まさか、今朝、新聞で見た事件の弁護をするとは予想もしなかった。

その日の午後、今田と名乗る男性からひょろり君に電話がかかってきた。逮捕された父親の兄だった。

さっそく事務所に来てもらい、会うことにした。その日の午後6時に事務所に来た今田は、背広姿に眼鏡をかけた小柄な男性で、見るからに生真面目な人柄が窺えた。ひょろり君を見ると深々とお辞儀をして、このたびはお世話になりますと言って菓子の包みを差し出した。ひょろり君は、礼を言って、さっそく概要の説明をしてもらった。

約1時間ほどかけて聞いた内容は、悲惨そのものだった。とにかく、2人に面会しなければならない。さっそく、２人が逮捕されている太秦警察署に電話を入れた。留置係につないでもらい、今田夫妻に面会したいと申し入れた。留置係官の話では夕方には裁判所から警察署に戻る予定だという。おそらくは勾留質問であろう。

夕方６時頃に面会に行くと伝えた。今田には今日の夕方面会する予定だから、そのうえで連絡すると言った。

「それから」とひょろり君は続けた。「保釈は起訴されないと請求できないのですが、保釈が認められる場合でも、保証金といって、裁判が終わるまで一定額のお金を裁判所に積まなければならないのですが、ご用意いただけますか？」

「どのくらいですか？」

「まあ、１人２００万円から３００万円ぐらいですかね」

「では２人で６００万円ですか……」

「まあ、できるだけ安くするようには努力しますが」

「……わかりました。なんとかします」

警察での面会

その日は久しぶりに夜の会議がなく、急ぎの仕事もなかったので、ひょろり君は、ジョギングをした後、銭湯で汗を流して映画を見てから、居酒屋で食事をしながら酒を飲もうと考えていた。しかし、全部キャンセルだ。まあ、仕方ない。

ひょろり君は太秦に向かった。太秦署は東映太秦映画村の近所にある。太秦署に着いたら、5時45分になっていた。受付で「こちらに勾留されている今田に面会に来ました」と面会を申し入れた。

きびきびした、見るからに警察官という男性が、「先生、どうぞこちらに」と言って、先導していった。

2階の面会室の扉を開けると、真っ暗だったが、警察官が電気をつけた。こちらと向こうの間には透明な仕切りがあり、声が通るように小さな穴が空いている。しかし、物が授受できないようにとの配慮からと思われるが、2枚の板にそれぞれに開けられた穴がずらしてあった。そのせいか相手の声が聞こえづらい。

「先生、夫からでいいですか？」

「ええ」

しばらく待つと、やせて小柄な男性が面会室に入ってきた。ひょろり君を見ると、すぐに会釈をした。

そして目の前の椅子に腰かけた。

「弁護士の鴨川です。あなたのお兄さんに頼まれて来ました」

「あっ、そうですか。お世話になります」そう言って頭を下げた。その姿は、痩せて、貧弱そのものだった。

「あなたは、自分がどういう理由で勾留されているかわかっていますか？」

「ええ。息子を殺してしもたんです。それで自首して警察に捕まりました」

「あなたと奥さんが息子さんを殺したというのは、間違いないのですか？」

「はい、間違いおまへん」

「そうですか。警察官から事情を聞かれていると思いますが、ちゃんと今田さんの言うとおりに調書には書いてもらっていますか？」

「ええ」

その後、20分ほど事情を尋ねたが、夫はおとなしくて口下手だった。その後で妻に面会したが、妻のほうがしっかりしていた。2人の話からわかった事実経過は次のとおりであった。

事件の概要

2人には男の子が1人いた。今回殺された息子である。中学の終わりぐらいから非行に走り、悪い友人とシンナーに溺れるようになった。次第にシンナーの量が増え、それとともに親に対して暴力を振るうようになった。はじめはただ殴る、蹴るといった暴力であったが、それがだんだんエスカレートし、鉄パイプ、木刀で殴るようになった。そして、何回かは包丁で、妻の腕を切りつけることがあったという。なんとかシンナーと暴力をやめさせようと警察や精神病院に相談したが、結局は駄目で、数年間は、息子に殺されるのではないかという恐怖感の中で暮らしていたという。

そして、事件の起きた日も、夜、息子が暴れて大変だったので、暴力を抑えるため、ネクタイや荷造り用のロープで息子を縛った。そのうえで、二度とシンナーはやらないか、暴力を振るわないかと何度も尋ねた。そのたびに、息子は激しく身をよじらせて、縄をほどいてお前たちを殺してやると言った。絶望しながらも祈るような気持ちで、何度も尋ねる。もし、一度でもいいから彼が頑張ってやり直してみると言えば、縄をほどくつもりだった。しかし、息子は何回諭されても、親を殺すとわめくばかりだった。もう駄目だ。そんな思いが、父と母の胸を満たした。悄然として目を見交わした。言葉はなかったが、お互いの目を見あった瞬間、お互いが口に出すのも恐ろしいことを考えていることを理解した。暴れ疲れたのか、息子は寝息を立てている。こうして寝ている顔を見ていると、幼い頃の面影が残っている。起きている時の狂ったような息子とは別人のようである。

沈黙の時間が流れる。時刻は深夜2時になろうとしていた。2人は、お互いの手を重ねるようにして息子の口を押さえた。息子はすぐに目を覚ましてもだえ苦しむ。必死で口を押さえる父と母。思わず、母は「堪忍やで。堪忍やで」と泣きながら口を押さえ続ける。父親の口からは念仏が漏れる。鬼気迫る異様な時間が過ぎると、急に静かになった。息をしなくなった息子を見て、手を合わせる両親。そしてロープをほどき、服を脱がして丁寧に体を拭いて、生前息子が最も気に入っていた服を着せた。飼っていた犬を親戚に預け、警察署に自首したという。

約1時間かけてこれだけの話を聞くと、ひょろり君は暗澹たる気分になった。なんという不幸な事件であろうか。警察署を出ると、まだ明るさの残る夏の宵だった。

事件のことを考えていたひょろり君は、なぜ息子が非行に走ったのかという理由を聞いていなかったことに気づいた。警察署からすぐにマンションに帰る気がしなかった。軽く飲んで帰りたい気分だった。

彼は、タクシーで烏丸御池駅に出た。駅の地下には居酒屋がいくつかある。これまでも何度か行ったことのある居酒屋に入った。ここは、おばん菜がカウンターの上に並べてあって、好きなおかずを頼むことができる。それにここは焼酎がうまい。ひょろり君はカウンターに座ると、さっそく生ビールを飲んだ。体に回る酔いが暗くこわばった気持ちを解きほぐしていく気がした。

保釈、そして犯行現場へ

逮捕から12日目に2人は殺人罪で京都地方裁判所に起訴された。

ひょろり君は、起訴後、すぐに保釈の請求をした。保釈担当裁判官に面談を申し込むと、今まで大学生でしたといわんばかりの若い裁判官だった。

ひょろり君は、被告人が自首していることを強調して、保釈しても逃走したり、証拠を隠滅するような心配はないことを強調した。検察官の意見も保釈相当ということだったので、すんなり保釈を認めてくれた。保釈保証金は1人当たり２００万円だった。この金は、父親の兄に工面してもらった。兄は、４００万円という大金であるにもかかわらず、翌日には全額現金で持参した。

兄はひょろり君からの連絡を受けた時にひと言、「このお金、返ってきますんやろか？」と聞いた。「ええ、ただし、弟さん夫婦のどちらかが逃走したら没収されますよ」と言うと、兄は「まあ、そんなことはありまへん」と答えた。

保証金を裁判所に預託すると、すぐに2人は保釈された。保釈中の制限住所は近所の妻の実家に指定された。

数日後、ひょろり君は、夫婦と殺害現場である自宅に行った。その家は13坪程度の小さな木造2階建てで、1階の狭い玄関の脇には犬小屋があった。しかし、そこには犬はいなかった。犯行後に妻の実家に預けたのだった。

鍵を開けて玄関に入った。半畳ほどの玄関を上がると、４畳半の台所があり、その奥が居間になっていた。この居間で殺人が行われたのだ。ひょろり君は被害者の口を夫婦が押さえているシーンを想像して背筋にぞっとする感じを覚えた。居間のカーペットに殺害の痕跡があるかと思ったが、何の変わったところもなかった。

居間の中央にはこたつ台が置いてあった。ひょろり君は、こたつの脇に座って、部屋をぐるりと見渡した。

台所の隅に一斗缶が置いてあるのが目に入った。もしやと思って見ると、やはりシンナーの一斗缶だった。この一斗缶を見て、ひょろり君はこれほど息子がシンナーに溺れていたのかということを実感した。

「おやっ？」ひょろり君は、こたつ台の下に白い紙切れが落ちているのに気がついた。なにげなく手にとって見ると、ボールペンで「おやじにシンナーぶっかけて焼き殺したる」と書いてあった。

「これは、もしかして……」ひょろり君は、父親から、事件当日、家に帰宅すると、父親にシンナーをかけて殺すと息子が書いたメモを見つけ、恐ろしくなったと聞いていたので、父親を呼んで「あなたが、当日見たメモというのはこれですか？」と、白い紙切れを見せた。

「はい、そうです」と父親は答えた。

「これはこちらに有利な証拠ですよ。こちらからの証拠に使いたいので預かっておきます」

「しかし、どうして警察は押収していかなかったんだろう。このメモは、殺害の動機を明らかにすることができる重要なメモなのになあ……。警察が見落としたのかな……」とひょろり君が呟いていると、「それは、『あなたに有利なメモやさかい、警察が押収してしまうとあなたが使えなくなる可能性もある』ゆうて、『せやから押収せんと置いていく。弁護士の人がついたら、裁判で使うてもろたらええ』とゆうてくれたんです」

「それじゃあ、わざと置いていってくれたのですか？」

「刑事さんも同情してくれはりまして」

「へえ、人情のある刑事だなあ」ひょろり君は、刑事も被告人達に同情していたことを知った。こうして逃げ場のない狭い家に来てみると、ここで日常的に息子から暴力を振るわれ、おびえ続けた毎日、そして誰の助けも借りることができずに絶望的になっていった被告人の心情が身に沁みた。

両親と別れて事務所に帰る車中、こんな両親を社会が罰する資格があるのだろか、こんな事件こそ執行猶予にすべきではないか、そもそも刑罰は何のためにあるのだろうかと自問自答していた。

それから、ひょろり君は、第1回の公判期日まで精力的に動いた。彼は、とにかくこの両親を刑務所に入れるべきではない、執行猶予をとらなければならないと心に決めていた。

別に被告人からはぜひ執行猶予にしてほしいと言われていたわけではなかった。かえって「私たちのしたことの罰は何でも受けます」というのが両親達の口癖であった。

しかし、ひょろり君自身が、両親を処罰することは法の不正義であると確信していた。このため、彼は、まず、息子の薬物依存、暴力を解決しようと両親があらゆる手を尽くしたにもかかわらず、どこからも相手にされなかったことを明らかにしようと考えた。警察の捜査記録にも被告人らが警察をはじめ各相談機関へ相談に行ったことが記載されている。

しかし、被告人の説明によると、それ以外にも相談に行ったところがあるので、そのことを明らかにするために弁護士法23条の2を使って照会することにした。これは、ひょろり君の所属する京都弁護士会会長名で公私の団体に照会をすることができる制度であり、弁護士はよくこの照会制度を利用している。

精神病院での聞き取り調査

しかし、最も重要と思われたのは、息子が一時期入院していた精神病院の医師に詳しく話を聞くことだった。息子は、せっかく精神病院に入院したにもかかわらず、病院を逃げ出して家に帰り、その後に悲惨な事件が起きた。ひょろり君が知りたかったのは、なぜ専門家でも彼を救えなかったのか、そして息子の親とすればどうすればよかったのかということである。

そこで、ひょろり君は病院に電話して担当医師との面談の予約を入れた。３日後、ひょろり君は、京都市の北部にある精神病院を訪れた。

京都は、南から北に行くほど土地は高くなっている。北山通りの橋の高さが東寺の五重の塔のてっぺんと同じだという。だから北に行くほど気温も涼しくなる。京都市内でも、北に来ると緑が多くなり、川の水も透き通るようにきれいな流れとなり、田舎びた風情になる。

ひょろり君の訪れた精神病院も、そんな緑の多い中の古びた2階建てコンクリートの建物であった。受付で面会の要件を伝えると、応接室に通された。応接室といっても、肘かけの先端がすり切れたソファが置いてあるだけの殺風景な部屋だった。

すぐに男性２人が部屋に入ってきた。1人は背の低いずんぐりした若い男性で、もう1人は痩せて背の高い40歳中頃に見える男性だった。ひょろり君は立ち上がって名刺を差し出し、「お忙しいなかお邪魔します。今田夫婦の弁護をしている弁護士の鴨川といいます」と挨拶した。「医師の土屋です」と言って背の高いほうが会釈した。背の低いほうの男性は担当のケースワーカーだと自己紹介した。

ソファに３人が腰かけると、さっそくひょろり君が事件の概要を説明した。殺人事件になっていることについては、新聞記事で知っているようだった。ひととおり話し終えると、じっと聞いていた医師が「最も悲劇的な結果になり、残念です」と言った。「彼の場合は底付きに至っていなかったんですね」医師は、ひょろり君が、なぜ息子がせっかく入院したのに病院から逃げてしまったのかと質問したことに対して答えた。

「底付きですか？」

「ええ、専門的な言い方で、本人が徹底的に苦しんで、そこからなんとか脱したいという気持ちになる状態を底付きというのですが、そこまで至らないと本当の意味での治療というのは難しいのです」

「彼の場合は、まだそこまで至っていなかったのでしょうか？」

「そうだと思いますね。彼の場合には、まだシンナーの依存を続けたいという気持ちが残っていましたね」

「では、親としてはどうすればよかったのですか？」

「それは難しいですね。ああいうケースでは、親はシンナー依存の子と共依存関係になるので、親に対するサポートがないと難しい状況に置かれるのです」

「共依存？」

「共依存とは、親もシンナー依存の子とどっぷり関係を持ってしまい、その関係を断ち切りがたくなる精神状態をいいます」

「そうなると、親だけの力でシンナー依存の子を立ち直らせるのは無理なのですか？」

「まず、難しいでしょうね」

「そうすると、底付きに至っていない息子と共依存関係にある母親、これでは、病院から抜け出して親のもとに帰ってしまったのも仕方ないと？」

「もう少しで底付きだったかもしれませんがね。しかし、親の共依存関係を断ち切るための社会的な援助体制が必要だったでしょうね」

土屋医師の説明はきわめてひょろり君にわかりやすかった。ひょろり君は、土屋医師にぜひ意見書を書いてほしいと頼んだ。土屋医師は忙しいにもかかわらず、「いいですよ」と快く引き受けてくれた。なお念のため、ひょろり君は、意見書の作成について検事から確認の電話があるかもしれないこと、万一、検事が意見書を証拠として提出することに同意しない場合には、法廷で証言してもらわなければならないことも伝えておいた。

近隣の嘆願

ひょろり君は、近所の人がこの事件をどう捉えているのかが気になった。おそらく近所の人たちは日頃の親子の状態を見ているだろうし、そのうえで息子を殺した親に対して、どういう感想を持っているのかを確認したいと思った。そこで、隣の人に会ってみることにした。

隣家の奥さんは、会ってみると、世話好きで元気のいい、何でも自分が仕切りたいというタイプの勝気な女性であった。

ひょろり君が事件の感想を尋ねると、「あれは警察が悪いわ」ときっぱり言った。『あの子が奥さんとご主人に対して鉄パイプを振り回して家の表で暴れてた時にちょうどうちの旦那がいたさかい、あの子を一緒になって押さえつけたんよ。それですぐに警察が来たさかい、この子を逮捕してほしいて頼んだんやけど、警察官は、親子のことやさかい逮捕はできひんてゆうたんや、ほんにあれやったら、警察なんて頼りにならへんわねえ」

なるほど、確かに刑事記録には、鉄パイプで息子が暴れた時に警察が出動したことが記載されていたが、こんなやりとりがあったことは記載されていなかった。

「奥さんから見て、あの両親はよくやっていたと思いますか？」

「そら、あの奥さんは子どもを可愛がってはりました。せやけどねえ、私の目から見たら、ちょっと甘やかせすぎやね」

「甘やかせすぎ？」

「そう、あの子は耳が片方のうてね。それをあの奥さんは自分のせいやと思てはって、それで子どもの言うようにしてはったんです。せやさかい、子どもがシンナーをやり出しても、厳しい止めさせられへんかったんちゃいますか」

「息子がシンナー中毒になって暴れていたことはご存知でしたか？」

「そら知ってますわ、うちらも怖かったさかいね。あの子がペットボトル持って変な目つきでうろうろしてたら、うちの子どもに何かされたらと思うて、用心するように子どもにゆうてたし……。こんなことゆうたら罰が当たるけど、今はほっとしてますねん」

「親は、子どものシンナーや暴力をやめさせようと努力していましたか？」

「あの奥さんは、いろんなとこに相談に行ってはったみたいやし。せやけど結局どっこも最後まで面倒みてくれへんし、息子さんのシンナーを解決してくれるとこはなかったってゆうてはりました。結局、あの親が全部を引き受けなしょうなかったんやね」

ひょろり君は、隣家の奥さんが同情してくれていたので、思い切って頼んでみた。

「あのう、お願いが二つあるのですが、まず、今、僕に話してくれたことを陳述書にまとめてほしいんです」

「ええ、今ゆうたことでよかったら……。せやけど私は文章書くのが苦手やさかい、弁護士さんが書いてくれはったら、それに名前を書くだけでよろしいやろ？」

「そうします。それから、ご近所のみなさんに嘆願書を書いていただきたいと思うのですが、誰に、どうお願いしていいかわからなくて、嘆願書を集めることにご協力いただけないでしょうか？」

この依頼は厚かましいから駄目かなと思っていたが、この人が一番頼りになりそうな気がして、思い切って頼んでみた。「嘆願書って、刑を軽してほしいという、あれですか？」

「ええ、嘆願書は僕が作りますので、近所の人に署名をしてもらおうと思うんです。で、僕が突然お願いしても、協力してもらえるかわからないので、奥さんからも口添えをしてもらえるとありがたいのですが……」

「なんや、それやったら私が集めたげますわ。この近所の人からもらえばよろしいんやろ？」

「えっ、集めていただけるんですか？」

「まあ、あの奥さんは気の毒やさかいね。どれだけ集まるかわからへんけど、とにかく近所の人に頼んでみてあげますわ」

そう言ってもらってひょろり君はほっとした。嘆願書が集まり、近所の人々が刑を軽くしてあげてほしいという感情を持っているということが裁判官にわかれば、少しは有利になるし、なにより被告人にとって励みになると思った。

執行猶予と実刑の分かれ目

こうして、さまざまな被告人に有利な証拠を揃えながらも、ひょろり君は、これらの有利な証拠が揃ったとしても、やはり人が一人死んでいるのだから、裁判官としては実刑にするほかないと考えるのではないかと心配だった。事務所に最近導入したコンピューターによる判例検索システムを使って過去の判例を調べようと思った。コンピューターの前に座り、「殺人」「暴力」「親」というキーワードを打ち込んだ。検索実行を打ち込むと、すぐに画面に数件の判例が現れた。詳細を見ると、事案によって実刑になったものと、執行猶予になったものと両方があった。執行猶予と実刑に分かれた事件の事案そのものを見ても、その違いが明確にあるわけでもなかった。

ひょろり君は、この事件は執行猶予が相当であるという弁論をどうしようかと考えていたら、そもそも執行猶予とはなぜあるのかという本質的な疑問が浮かんできた。手元にあった刑法の基本書を呼んでみたが、いまひとつピンとこなかった。

そこで、ある程度証拠が集まったものの、ひょろり君の腹の中では、裁判官を十分に説得できるという確信のようなものが得られない不安な精神状態のまま、公判は始まった。

公判

当日は、午前10時から公判が始まるので、被告人には9時過ぎに来てもらった。再度、第1回公判で行われる手続の説明をした。そして、9時50分に事務所を出た。

裁判所に入り、３０５号法廷の入口の扉を開けた。傍聴席には司法担当記者が数人メモを片手に座っている。廷吏に出頭した旨を伝え、被告人には法廷内の裁判官と向いあう位置にある椅子に着席するよう指示し、自分は弁護人席についた。向いの検察官席にはすでに検事が座っている。

すぐに、廷吏が「起立」という声をあげ、法壇の後ろの扉から3人の裁判官が真っ黒な法服の裾をなびかせながら入廷した。この3人が被告人の運命を決めるのだ。いつもながら、ひょろり君は裁判官の持つ力の恐ろしさを実感した。

法廷にいる全員が裁判官の着席と同時に着席した。

「ただいまより、殺人被告事件の審理を開始します。被告人は前へ」

夫婦は、不安げにおどおどした様子で証言席に進み出た。

「名前は？」

裁判官は、人定質問といって、被告人の氏名、本籍、住所、生年月日、職業を確認する質問をした。そして、検察官に起訴状の朗読を促した。

検察官は、起立して起訴状の内容を朗読した。

検察官が着席すると、裁判長は被告人に「あなた方には、黙秘権といって言いたくないことは言わなくともよいという権利があります。また、発言した以上は有利不利にかかわらず、証拠となります」と黙秘権の告知をした。

「今、検察官の読んだ起訴状の事実に違う点がありますか？」と尋ねた。

被告人は「いいえ。そのとおりです」と答えた。

「弁護人のご意見は？」

ひょろり君は起立して「被告人と同じです」と答えた。

そして、検察官から冒頭陳述がなされ、検察側が立証すべき事件の概要が述べられた。そのうえで証拠請求がなされた。ひょろり君は前もって検察官から証拠の閲覧を受けていたので、これらの証拠が法廷で取り調べられることについては異議がなかった。そこで、被告人の犯した犯行の有罪を証明する証拠類が法廷で取り調べられた。証拠の取り調べは、証拠物は現物を法廷で示されるが、供述調書は検察官によってその要旨が告知される。

この手続によって検察官側の立証活動が終了した。

裁判官はひょろり君に向かって「では弁護人は何か証拠を請求しますか？」と尋ねた。

「はい、犯行現場で犯行日に被害者が作成したメモ、弁護士法に基づく照会結果、医師の意見書、隣人の陳述書、近隣の人々の嘆願書、そして被告人質問を請求します」

ひょろり君はかねてから準備した証拠の取り調べを請求した。

裁判官は「検察官ご意見は？」と尋ねた。

検察官は、「いずれも証拠とすることに同意し、被告人質問については然るべく」と述べた。これを受けて裁判官は、ひょろり君に証拠書類を提出するよう求めた。これらの内容を裁判官は確認すると、「では次回に被告人質問を行います」と述べて、第1回公判は終了した。

被告人質問

次回公判期日での被告人質問が始まった。まずは母親からだ。痩せた体にスーツを着た母親は、うつむき加減で証言台に立った。

ひょろり君は立ち上がって、母親に質問した。「あなたは、息子さんが非行に走った原因をどう考えますか？」

「あの子は生まれつき耳がなかったんです。可哀相でつい甘やかせてしもたことがよくなかったんかもわかりまへん」

「あなた方は、彼の耳の形成のためにずいぶん努力されたんですね？」

「はい、大学病院に5回くらい入院させました。それで少しは耳らしきものを作ってもらえたんですけど、やっぱりきちんとは治りませんでした」

「あの子がずっと長髪にしていたのは、耳のことを気にしていたのですか？」

「はい、そうです」

「彼が、シンナーを吸っているのをやめさせようとしなかったのですか？」

「最初は、主人も注意して、力ずくでもやめさせようとしたんです。せやけど、すぐに友人と外でシンナーを吸うてしまうのです。一緒にシンナーを吸う友達とつきあうのをやめるようゆうたこともありますが、その友達だけは、息子に耳のことを何にも言わへんかったそうです」

「それで、あまり強くその友達とつきあうなと言えなくなってしまった？」

「はい」

「シンナーを吸うとどんな暴力を振るうのですか？」

「はじめは、私たちを手で叩いたり、蹴ったりしたんですけど、だんだんに物を使うようになり、しまいには鉄パイプで殴られ、主人は、腕に卵のような腫れ物をときどき作ってました」

「近所の人は、あなたの顔にいつも青い痣ができていたと言っていますが、そうでしたか？」

「はい。ただ、あの子も顔を叩くと痣が見えるので、途中からは服を着ているところを叩くようになりました」

「包丁で切られたことはなかったですか？」

「はい。今年に入ってからは2回、腕のところを切られました」

「精神病院へは？」

「一度は入院させたのですが、病院を抜け出して家に帰ってきてしまいました」

「病院の先生は、どう言いましたか？」

「本人が、入院で治そうという気持ちにならんと改善は難しいと言わはりました」

「警察には？」

「何回も相談に行きました。せやけど事件にならなどうしようもないと言われました」

「息子さんが鉄パイプを持って暴れて警察官が来たことがありましたね？」

「はい。その時に傷害罪で逮捕してほしいと頼んだんですけど、それはできひんと言われました」

「結局、どこにも助けてはもらえなかったのですか？」

「はい」

「息子さんに対して、今年に入ってからはどんな心境だったのですか？」

「あの頃には、一日中シンナーを吸うて家にいて、私は息子からいつも暴力を振るわれて、医者から今のままでは治らへんと言われ、警察からも助けてもらえませんでした。近所の方にはいっつも息子のことで迷惑かけて、米つきバッタみたいにいつも頭を下げてなあかんし、一生、この息子と生きていかなあかんと思うと、もう生きてるのが嫌になりました」

「米つきバッタですか……。もう絶望したということですか？」

「はい」

このやりとりがなされている間、大勢の傍聴人がいる法廷内は水を打ったように静まり返っていた。

次に、夫の証言の番だ。

「犯行のあった日のことですが、仕事から帰宅したら、何が目に入りましたか？」

「こたつの上に、紙切れに書いたメモがありました。息子が書いたメモでした」

「何と書いてありましたか？」

「おやじにシンナーかけて焼き殺したる、と書いてありました」

「それを見てどう感じましたか？」

「ぞっとしました。ほんまにやりかねへんと思いました」

「それから食事をして風呂に入ったのですね？」

「はい」

「その時に何かありましたか？」

「息子が風呂に入っている私に向かって、ビールのジョッキを投げつけてきました」

「それから？」

「風呂から上がると私の顔にペットボトルに入ったシンナーをかけたんです。私は、眼が痛うて開けてられへんようになりました。それに、火をつけて焼かれると思いました。それで、すぐ風呂に戻って、洗い流しました」

「それで、あなたは風呂から上がると、息子さんを押さえつけて、奥さんと紐で縛りつけたのですね？」

「はい」

「縛りつけた時には殺すつもりはなかったのですか？」

「はい。ただ暴れんようにして親の言うことを聞いてもらいたかったんです」

「どのくらい話したのですか？」

「3時間から4時間くらいです」

「その間、息子さんは話を聞いてくれましたか？」

「いえ、紐をほどけ、ほどいたらお前を鉄パイプで殴り殺したる、おかんはじわじわなぶり殺しにしたるとずっとわめいてました」

「そうして深夜になったのですね？」

「もうだんだん妻も私も、これでは息子の紐をほどくわけにもいかへんし、かとゆうてずっと縛ったままにしとくわけにもいかへんし、どないしょと悩みました。そのうち、いっそ殺してしまおかと恐ろしい考えが浮かんだんです。その時、何気なく妻の顔を見たら、妻も私の顔をじっと見てたんです。それで私と同じことを考えてるんや、ということがわかりました」

「殺そうと口に出してはいないのですか？」

「とても口にはできません」

「そして、どうしたのですか？」

「ちょうど息子が寝たんで、私と妻が、同時に息子の口に手を当てて押さえたのです。それで……」

「それで、どうなったのですか？　続けてください」

「すぐに苦しなったんでしょう。暴れ出しました。私も妻の手に力を入れて押さえ続けました。何時間にも感じました。手で押さえながら、涙が出て仕方ありませんでした。念仏が自然に口から出てきました。妻は泣きながら息子の名を呼んで、堪忍や、堪忍な、ゆうてました。そのうち、息子が動かんようになったんで、死んだとわかりました。それで、息子の体をきれいに拭いて、息子の一番気に入っていた服に着替えさせました。妻は息子の髪を何度も手でなでていました。そして息子に別れをしました」

「それから、警察に自首したのですね？」

「はい」

「これからはどうしたいと考えていますか？」

「法律に従って責任をとったうえで、息子の骨を全国の寺に撒いて一生供養したいと思てます」

「息子さんの骨は散骨できるように置いてあるのですか？」

「シンナーを吸うてたせいで、焼いたら骨の量が普通の人の半分くらいしかあらへんかったのですけど、散骨できる程度は残してあります」

ひょろり君は、息子を愛しながら自らの手で殺さなければならなかった両親の気持ちが、この尋問で伝わったのか不安だった。しかし、法廷で妻が夫の証言中に嗚咽したのを聞いた。もうこれ以上、言葉を尽くしても語ることはできないと感じた。

ひょろり君の尋問後、検察官は、病院での治療の可能性があったこと、殺す前にもう一度努力しなかったこと等を強調する尋問をしたが、それもごく短い時間で終了した。

論告・求刑

「では検察官、論告・求刑をどうぞ」裁判官が検察官に促した。

検察官は、起立して、あくまでも冷徹に、被害者に責められる点があるにせよ、若い被告人の命を奪ったことは厳しい刑事責任を免れないと断罪した。

ひょろり君は、検察官が何年の懲役を求刑するかが気になっていた。通常、1人の人を殺害した場合、懲役10年が標準だ。しかし、この件で被告人は自首しているし、事案が事案だけに4年ぐらいにならないかと思っていた。なぜなら、執行猶予を付するためには、懲役3年以下にしなければならない。通常は、求刑の８掛けというのが相場だから、懲役４年より長い求刑だと、裁判官が懲役３年より短くすることは難しく、執行猶予ができなくなる。それで、検察官が何年を求刑するかがきわめて重要になる。

こう考えているうち、「……これらの諸事情に鑑み、被告人両名をいずれも懲役５年に処するを相当と思料いたします」と検察官は求刑した。

懲役５年だって？　これでは懲役３年以下に減らすのが難しいぞ。そうなったら執行猶予にならないじゃあないか。ひょろり君はかなり焦った。

しかし、心配している暇はない。次は、ひょろり君の最終弁論だ。

最終弁論

ゆっくり立ち上がると、ひょろり君は、何度も練り直した最終弁論を始めた。

「この事件では、裁かれるべきは何なのでしょうか？　被告人達は、最愛の息子を自分たちの手で殺さなければならなかったのです。どれだけ両親が息子を大切にしてきたのか。被告人夫婦は生まれながらにして無耳症という病気をもつ息子のために必死に治療に専念しました。被害者がシンナーに溺れた原因の一端が被告人を甘やかせたことにあるとしても、親として負い目がある以上、そのことを非難することは酷というものです。また、どんな人間でも殺してはいけないというのも真実です。それでも、これだけ努力して息子のために尽くして、警察、精神病院、あらゆる社会の機関から見放され、最後は親として治療の見込みのない息子の暴力を一生引き受けさせられ、絶望の淵にあったのです。こういう人を法律は、単純に非難して刑罰を科すべきなのでしょうか？

刑法理論では、違法と有責は別です。殺人は違法な行為です。しかし、それが法的に非難すべき時にこそ有責になり、刑罰が科されるのです。被告人の行為にまったく非難されるべき余地がないとは言いません。しかし、限りなく非難の度合いが小さいというべきでしょう。

私は、この事件を受任してそもそも執行猶予制度は何のためにあるのか悩み、多くの文献に解決を求めました。被害法益の種類と程度、犯行態様、被害回復の程度、再犯の可能性、前科などを総合的に考慮するとあるだけで、その境界がどこにあるのか明確にはされていません。しかし、裁判官、僕には、どう考えても被告人が刑務所で懲役刑に処せられるべきだとは思えないのです。

裁判官、僕には子供がいません。裁判官なら、自分のお子さんがおありでしょうから、よりご理解いただけるのではないでしょうか？　自分が育てた子の口に手を当てて、苦しむ子の体の震えを手に感じながら、ごめんねと謝りながら息の根を止めるために口をふさぎ続ける親の苦しみを。そして、永遠に別れた後で、愛おしむように息子の体を拭き、一番気に入っていた服に着替えさせる、その時の親の切ない気持ちを。被告人にはすでに最愛の子を失うという罰が与えられていたのです。

そして、ここまで被告人を追い込んだのは、私たちの社会の制度の冷酷さ、薬物依存症の家庭を救う手立てを持たなかった我々の未熟な社会にあったのではないでしょうか。被告人は絶対に実刑に処せられるべきではありません。執行猶予こそが正しい刑のあり方だと確信します」

ひょろり君が弁論をしている最中、どんなに言葉を尽くしても言い足りない気がした。しかし、弁論を終えて椅子に座ろうとした瞬間、じっと目を閉じて弁論を聞いていた裁判長の目に涙がにじんでいたのに気がついた。

ひょろり君が着席しても、しばらく裁判長は言葉を発しない。しばらくうつむいていたが、ようやく被告人に向かって、「これで審理を終えますが、何か最後に言っておきたいことはありますか？」と鼻声で尋ねた。２人とも、「いいえ、何もありません」と言って頭を深々と下げた。

判決は、２週間後に指定された。事務所に帰った夫婦は、ひょろり君に「本当にありがとうございました。これだけしていただければ、どんな判決でも従います」と言って帰って行った。

判決

判決当日、弁護人席につくひょろり君のほうが被告人より緊張していたかもしれない。裁判官３人が着席する。

裁判長が、「これから被告人両名に対する殺人被告事件の判決を言い渡します。被告人は前に立ちなさい」と言った。２人が起立する。見ていられないひょろり君は、じっと目の前の事務用箋に目を落とす。

「被告人をいずれも懲役3年に処する。

ただし、この判決の確定した日から４年間刑の執行を猶予する」

よかった、執行猶予だ。ひょろり君は初めて裁判長の顔を見ることができた。裁判長は、量刑の理由を丁寧に告げた。そこにはひょろり君が指摘した内容が詳細に引用してあった。

裁判官は、やはりひょろり君と同じようにこの事件を感じてくれていたのだ。ひょろり君はうれしかった。２人も判決の言い渡しを受けて、裁判官にお辞儀をした。

傍聴席には被告人の親族が座っていたが、安堵の表情を浮かべている。事務所に帰ったひょろり君と夫婦は、これからのことを話し合った。そして、判決が確定したら、さっそく２人で息子の供養をするつもりだと言った。

それから、3カ月ほどしてから、ひょろり君のもとに1通の手紙が届いた。差出人はあの夫婦だった。

そこには、四国に息子の骨を撒きに来たということが書いてあった。

第6話
弁護士の心の傷、正義の剣

抹茶のソフトクリーム

ひょろり君は、昼のジョギングから事務所に帰ると、ばたんと机に突っ伏した。20分しか時間がなかったので、いつもよりハイペースで御苑をジョギングしたのがいけなかった。自分のペースを完全にオーバーしたため、しんどくなっていた。「ウー、気持ち悪い」とうなりながら、机でゼーゼー言っていた。しばらくすると少し気分がよくなったが、とても昼食などとれる状態ではなかった。

そんな時、源法律事務所の顧問先の食品会社の専務から電話が入った。

「もしもし、鴨川ですが」ひょろり君は深呼吸して電話に出た。一刻も早く電話を切りたかった。

「ああ先生ですか。実は私の遠い親戚にあたるんですけど、遠藤というのがおりまして、借家人が行方不明になって困ってるとゆうてるんで相談にのってもらえませんやろか」

「はいはい。遠藤さんですね。では、今日でも遠藤さんからお電話いただくようにお願いします」

しんどくてたまらないひょろり君は、とにかく一刻も早く電話を切りたいので、よけいなことは言わずに受話器を置いた。

それから5分ほどするとようやく落ち着いてきたが、すぐに市役所での無料法律相談に行かなくてはならない。やっとスーツに着替えて、昼食をとらないまま市役所に向かった。弁護士会は市民に対する法律相談サービスの提供のため、市役所等から委託を受けて会員の弁護士を相談に派遣している。市民は無料で、１人約20分の相談時間である。担当弁護士には委託料から日当が出るが、わずかなので公益活動として割り切って相談に応じている。

午後１時15分から３時40分まで休みなしに相談者が続き、８人の相談を終えたところで、係の人が、「今日はこれで終わりです、ご苦労さまでした」と言って来た。

「ふー、8件続くと疲れるな」係の人が部屋から出ていくと、大きな伸びをした。

ひょろり君は、市役所を出て事務所まで歩いて帰る途中、お茶の専門店の前を通りかかった時に、店先に抹茶のソフトクリームの看板が出ているのに気がついた。ひょろり君は抹茶のアイスクリームに目がない。吸い寄せられるように店内に入り、抹茶ソフトを買い求めた。ひょろり君は鞄を片手に、もう一方の手にはアイスを持ってうれしそうに歩き出した。

途中で夷川通りの家具の専門店のガラス越しにしゃれた家具が展示してあるのを覗いて見ていた。ひょろり君は自分のマンションにしゃれたソファが欲しかった。しばらくして、店内の女店員さんが、ソフトクリームを嘗めながら家具をきょろきょろ見ているひょろり君を可笑しそうに笑っているのに気がついて、恥ずかしそうに店を離れた。

借家の明け渡し訴訟の依頼

事務所に戻ると、待ち構えていたように優子さんが、「先生、今、遠藤様と名乗る方からお電話です」と午後からの電話連絡10通分のメモをデスクに起きながらそう言った。

「もしもし、弁護士の鴨川ですが……」

「丸十食品の石田専務に紹介していただいた遠藤ですが、一度ご相談に伺いたいのですが、いつ頃でしたらよろしいでしょうか？」

「では、明後日の3時はいかがですか？」

「はい、ではよろしくお願いいたします」

その後も、10件もの電話や、洪水のように押し寄せるファックスの処理をするだけで、あっと言う間に6時になってしまった。

それからは、ひょろり君はある障害者の手当て受給資格の有無をめぐる裁判の弁護団会議に出席するために事務所を出た。ひょろり君は、いくつかお金もうけにはならないが、弁護士としてやり甲斐を感じる、社会的に弱い立場の人の事件や環境を守るための訴訟を複数の弁護士と弁護団を組んで取り組んでいた。この事件もその一つだった。この日は弁護団会議終了後、皆でいつもの居酒屋に食事に行き、夜12時頃帰宅した。

2日後、きっかり3時に遠藤は事務所を訪れた。

優子さんが、相談票を渡して、連絡先と名前を記入するよう指示している。優子さんが相談室から出るのと入れ代わりに、ひょろり君は相談室に入った。

「はじめまして、鴨川です」

「あっ、遠藤と申します」あわてて立ち上がって名刺を差し出した。見るからに真面目で温厚そうな人だった。分厚そうな眼鏡の奥の目がかすかに笑っているように見えた。

「いつも石田専務にはお世話になっています。ご親戚とお聞きしましたが」

「ええ、まあ親戚といいましても、妻方の親戚筋ですので、あんまり親しいというほどのこともないんですけど」

「で、どんなご相談ですか？」ひょろり君は、遠藤が氏名、住所、電話番号を記入した相談票を受け取りながら、こう尋ねた。

遠藤は賃貸借契約書を見せながら「私は借家を貸してまして、借り主はこの有田という人なんですけど、もう半年くらい家賃が滞納になってるんです」

この瞬間、ひょろり君は嫌だなと感じた。ひょろり君は、借家の明け渡しの事件はある事情から受任しない主義だった。

「借り主はなぜ家賃を払わないのですか？」

「もともと友禅染めの仕事をしてはったんですけど、呉服関係はずっとあきまへんさかい、仕事がのうなって倒産したようです」

「で、家族は？」

「それが、何年か前までは奥さんと子供がいたはったんですけど、今では一人です。ただ……」

「ただ？」

「実は、本人は今ではこの借家には住んでないようなんです。電話は使用できんようになってますし、何度行っても会えへんのです」

「電気、ガス、水道は？」

「ここ1カ月は止まってます」

「電気や水道が止まっていたら生活できないでしょうね。で、荷物はどうですか？」

「たいした物はありません」

「それなら、借り主はもう住んでいないということですかね？」

「それが、ご近所の人の話によると、今でも借家人が時々この家に戻って出入りしているらしいとゆうんです。どないしたらよろしいやろ？」

これを聞いて、ひょろり君はこの件の依頼がこないよう祈るような気持ちで、「そうなると、念のため明け渡しの判決を得て、強制執行手続で処理したほうがいいでしょうね」と、目を伏せながら答えた。

ところが遠藤は膝を進めながら言った。「そうですか……。それやったら、その裁判を先生にお願いできませんやろか？」

「いや、それはちょっと……」

「お願いできひんのですか？」

「あのう、僕は実は借家人の明け渡しの事件はやらないことにしているんですよ。といってもヤクザが占拠しているような場合は別ですよ。そういう悪質な事件は断固やりますけど、お金がなくて家賃が払えないような事件は、やらないことにしています」

「なんでですか？」

「まあ……、ちょっと。だいたい家主さんにとっても行くあてのない人を強制執行で追い出すというのは、世間体も悪いですよ」

「せやったら、どないしたらよろしいのですやろ？」

「ウーン、有田さんでしたか、借家人本人をなんとか見つけて説得して家賃を払ってもらうとか、出て行ってもらうのは？」

「何回も行ってるんですけど会えへんのです」

「保証人に話をして、保証人に明け渡しをしてもらうとか？」

「保証人はいてません」

「そうですか。ウーン困りましたね」

「ええ、そうなんですわ」

「何ならほかの弁護士を紹介しましょうか？」

「えっ、いやあ、石田専務が先生は優秀でてきぱきやってくれはるから、ぜひとも先生にお願いしろとゆうてくれたんですけど……。なんとか先生にお願いできませんやろか？」

「……」しばらく沈黙が続いた。ひょろり君は観念したように言った。

「わかりました。ただし、一つ条件があります。判決の後に借家人がもう住んでいないことがわかり、荷物の処分だけというのであれば強制執行しましょう。しかし、借家人が住んでいる場合には、本人に対する強制執行はしません。あくまで判決に従って自分から進んで退去してもらうよう説得するということにとどめます。それでいいですか？」

「ええ、それで結構です。私も近所の評判を落とすようなえげつないことはしたくないので」

「はい、わかりました。まあ、実際には電気もガスも来ないのだから生活はしていないでしょうね」

「たぶん、そうですやろな」遠藤氏はほっとしたように帰っていた。

そのやりとりを聞いていた優子さんは、ひょろり君にお茶とおかきを出しながら不思議そうに尋ねた。

「先生はどうして借家の明け渡しをしないのですか？」

「なんか嫌だからね。弁護士は弱い者の味方なのだー」と言ってウルトラマンのスペシューム光線の仕草をした。優子さんは、ふっと笑ったが納得しない顔で戻っていった。

ひょろり君は優子さんが自分のデスクに戻るのを見ると、おどけた顔をすぐに曇らせた。そして「フーッ」とため息を吐いて、お茶に口もつけずに有田氏宛の賃貸借契約解除通知書の作成にかかった。

ひょろり君の癒されない心の傷

　優子さんは、どうしてもひょろり君が借家の明け渡し事件を受任したがらないのか、その理由を知りたかった。そこでひょろり君がちょうど法廷に出かけた時に源弁護士に尋ねることにした。

「源先生、どうしてひょろり先生は借家の明け渡し事件をお受けにならないのですか？」

「うん？　そうか、優子さんはまだあの事件の時は事務所にいなかったかな」

「あの事件？」

「そう、彼にとってつらい事件があったんだよ」

「どんな事件なんですか」

「まあ、今後のこともあるから、優子さんも知っておいたほうがいいだろう」そう言って源弁護士が語った内容は概略以下のとおりだった。

　それはひょろり君が弁護士になって2年目のことであった。

　ある不動産業者の持ち込んだ相談であった。その不動産業者の所有している借家の借家人が家賃を滞納しているという。その借家人は木田という60歳の一人暮らしの男性。生活保護を受けていたので、家賃は生活保護として毎月2万数千円支給されていたにもかかわらず、数カ月前から家賃が滞納になっているという。

　そこでひょろり君は、型通りの手続に従い、滞納家賃を1週間以内に支払うこと、そして万一1週間以内に支払われない場合には、賃貸借契約を解除することを記載して配達証明付き内容証明郵便を送った。どうせ何か言ってくるに違いないと想像していたが、この内容証明郵便は2日後に配達されたにもかかわらず、それから1週間経っても何の反応もなかった。ただ、一度だけひょろり君の留守中に相手から電話が入っていた。事務員の聞いたところでは、ただ、遅れている家賃は分割で払うこと、家を出る気はないと言っていたとのことである。

そこで、当然ながら依頼者の不動産業者は早く明け渡してほしいと要求したので、ひょろり君としてもごく自然に賃貸借契約が解除されたことを理由として明け渡しを求める訴訟を起こした。この時も、相手は訴訟になれば裁判所に出てきて何か言うだろうから、そこで円満解決できるだろうと考えていた。しかし、その予想に反して相手は第1回口頭弁論に欠席したので、あっさり明け渡しを命ずる判決が出た。判決が出た以上、強制執行するしかない。依頼者も賃料が全然入らないことから、ひょろり君に早く強制執行を進めてほしいとせっついていた。

明け渡しの強制執行の場合には、すぐに明け渡しの執行にはならない。まず、執行官が催告といって借家人のところに行き、いついつまでに明け渡すよう催告する。この際、滞納家賃の支払いを命じる判決があると、借家人の家財道具でお金になりそうなものは差し押さえる。いわゆる札が貼られるのである。ただし、色は赤ではなく白だ。

ひょろり君もこの執行に立ち会った。東山の清水寺に続く参道を上る。さすがに清水だ。平日でも清水焼の土産物屋を覗く観光客の姿が坂道に広がっている。途中から坂道を細い脇道にそれていくと、小さな民家がある。それが目的の借家である。

執行官が来訪を告げる。しかし、人の気配がない。何回か呼んだが誰も出て来ない。そこで執行官は同行している鍵屋に鍵を開けるよう指示した。鍵屋はたいしたものだ。こんなシリンダー鍵なども の1分程度で開いてしまう。執行官が部屋の中に入る。続いてひょろり君も入る。中は6畳と4畳半の2間、それに申し訳程度の台所。明るい日差しが窓から入り、妙に静かで穏やかだ。ひょろり君が妙に感じたのは、男の一人暮らしなのにきちんと整頓されていること、そしてやたら週刊誌の束が多いことである。ひょろり君があたりを見回しているうちに、執行官は手際よく家財道具を点検し、テレビと食器棚に札を貼り、評価額を調書に記載している。しかし、札を貼ったのは結局3点のみで、あとは無価値物として差し押さえなかった。そして、部屋の壁に本執行の日として10月27日と記載した催告書を貼って、その日の執行は終了した。

ひょろり君は、今度こそ相手から何か言ってくるものと思っていた。ひょろり君は、住んでいる人を強制的に追い出すのは心情的に嫌だったし、以前に源弁護士が依頼者から明け渡しの判決に基づいて強制執行してほしいと懇願されていたにもかかわらず、頑として了解せず、強制執行が家主の利益にならないとして、借家人の事情を十分に汲んで、そのうえで借家人に進んで退去してもらい、円満解決したのも見ていた。

ところが、今日か明日かと思っていても、何の連絡もなかった。思いあまったひょろり君は、こちらから電話した。しかし、あいにく誰も電話に応答しなかった。「ちぇっ」ひょろり君は舌打ちをして電話を切った。結局、連絡がとれないまま強制執行の日を迎えた。

この日も快晴だった。あらかじめ手配しておいた強制執行専門の業者も待機していた。執行官の呼び出しに今日も応答がない。前回同様、鍵屋が鍵を開ける。中は前と同じだ。執行官は業者に強制執行の開始を命じた。4人の作業服姿の男性が、さっそく部屋の中に入り、畳んだダンボール箱を組み立てだす。ほとんど口を聞かずに黙々と作業している。ただ、体が仕事を覚えているかのように、無駄のない動きで淡々と荷物をまとめている。そして、どんどんダンボールに詰め、保管場所まで運ぶトラックに積み込んでいる。

ひょろり君はただ見ているだけだった。日の当たる所にいると暖かいが、日陰の部屋に靴下で立っていると、足が冷たくなってくる。

結局、明け渡しの作業が完了するまでに約2時間かかった。何もないようで、部屋の中全部を空っぽにするためには結構時間がかかるものだ。売却して値のつく家具はわずかだったが、明け渡しを完了するためには価値のない差し押さえ対象外の家財もいったんは搬出し、一定期間、家主側で保管しなければならない。

鍵屋が古い鍵を取り外し、新しい鍵を付けた。ひょろり君は、玄関の戸に「この家は本日明け渡しの執行が完了しました。ご連絡は、弁護士鴨川までお申し出ください」と書き、電話番号も書いた紙を貼った。おそらくは、借家人は家に帰ったら鍵が変わっていて家に入れないから、嫌でもひょろり君に連絡してくるだろうと思った。

ところが、その後何の連絡もないまま1カ月が経過した。預かっていた荷物も仕方なく換価のための競売に付した。それからまた1カ月が過ぎた。もうその頃にはひょろり君は、その事件のことすら忘れていた。

事務の大坪女史が「先生、東山福祉事務所のケースワーカーの方からお電話です」と電話を取り次いだ。そんな人に心当たりのないひょろり君は誰だろうと思いながら電話に出た。

「鴨川弁護士さんですか？」その声は女性だった。

「はい」

「私は、東山福祉事務所でケースワーカーをしてる者ですけど、木田さんを担当してました」

「木田？」

「先生ですよね、木田さんの借家を強制執行して玄関に連絡先として先生のお名前を書いとかれましたんは」

「あっ、そうか」ひょろり君は思い出した。

「はい、そうですが」ひょろり君はなぜか胸騒ぎがした。

「なんで強制執行する前にこちらに連絡してくれはらへんかったんですか？」その声は厳しくひょろり君を非難していた。

「……」

「昨日、木田さんは、疎水で遺体で発見されました。自殺のようです」

ケースワーカーの女性はそれしか言わなかった。しかし、明らかにひょろり君が強制執行したため、木田氏が自殺したんだと言っていた。ひょろり君は声が出なかった。

「もし強制執行される前にこちらに連絡していただいていたら、なんとかできたんですよ。それがこんなことになってしもて……。先生にはお伝えしておこうと思いまして」

それからは、ひょろり君は何を話したのか覚えていない。とにかく電話を終えてから、突然に涙が出てきて、嗚咽した。

借家人は、ひょろり君は結局見たこともない男性であった。その男性はきっと強制執行の日はわかっていて、その場にいたくなくて家を出たのだろう。夕方、日も暮れて寒くなった頃、自宅に戻ったら鍵が変わっていて中に入れない。貼り紙には弁護士の強制執行が完了した文書。連絡するようにとあるが、連絡したら未払い家賃のことを責められるようでとても電話なんかできない。途方に暮れて行くあてもなく秋の夕暮れをさまよい歩いたのだろう。そして最後に人生に疲れて疎水に身を投げた、おそらくは家主、そしてその代理人として冷酷な強制執行をしたこのひょろり君を恨みながら……。

そう思うと自分が取り返しのつかないことをしてしまったという思いに涙が止まらなかった。机に突っ伏して泣いた。事務所で誰かが知らずに近づいてきて、はっと立ち止まり、またもと来たほうに戻って行った。

今まで人権のためといって、社会的に弱い人のための事件に手弁当で携わってきた、社会を少しでもよくするための活動にも参加してきた。それらはすべて弁護士として、少しでも人のために、社会のためになることをしたいという思いからであった。それがどうだ。自分のした冷酷な手続によって、ただ家賃を滞らせただけの罪しかない人を自殺に追い込んだのだ。何が人権だ、何が社会正義だ。ひょろり君は、自分が弁護士として使うことが許されている正義の刃をとんでもないことに使ってしまったことを悟った。

30分も経ったであろうか、ようやく机から顔を上げたひょろり君は、涙を拭き、呆然としていた。

どれだけ時間が経っただろうか。ひょろり君は依頼者であった不動産業者に電話をした。そして、借家人が自殺したことを伝えた。ひょろり君は、その不動産業者がさすがに精神的にショックを受けたことは声の様子で感じることができた。

しかし「先生、せやけど法律的に正しいことをしただけやないですか。自殺はうちらのしたこととは関係おまへんやろ」

それを聞いて、ひょろり君も一瞬そうだという気もしたが、同時に自分に対して強制執行をせかしたその不動産業者に対して腹が立ってきた。

「だけど、僕らが強制執行を急がないで、もっと話し合えばこんなことにはならなかったんですよ」と気色ばんで言った。

しかし、不動産業者は「それは関係ないですやろ。自殺したのはお気の毒や思いますけど仕方ないんちゃいますか」そう言って電話が切られた。

「ひょろり君は、それから数日間は笑うことがなかったね。随分落ち込んでいたみたいだ。それからは、家の明け渡しの事件は自分にやらせてくれるなと言っていたね」そう源弁護士は言った。

「ただ、最近は占有屋とかヤクザの占拠事件などはやっているし、そうでない事件でも強制執行はしないという限定付きで受任はしているようだけどね」

「そんなことがあったんですか」

優子さんはお盆を胸に抱きしめたまま、源弁護士の話を聞いていた。

「先生、ですけど、それって、ひょろり先生が悪いんですか？」

「いいや、悪くはない。しかし、彼は、人権を守るための弁護士になるんだという気持ちでやっていたし、実際、ある程度そうだという自負もあったんだろうね。だから結果的には自分のしたことが原因であいうことが起きたんだからショックだったんだろうね。ただね、優子さん、弁護士は法律ではできることであっても、それをすることがよいことかどうかは別の問題ではあるんだよ。たとえ強制執行が可能であっても、彼がやるべきでないと思えば、やらないこともできたんだよね。弁護士は依頼者から言われると弱い点もあるけど、非情なことは決してやるべきではないね」

源弁護士に対して強気の依頼者の人が、「先生にはもっとがんがんやってほしい」とか、「思うとおりにしてくれない」という不満を言うのを聞いたことがあったが、それでも源弁護士が自分のやり方を変えない理由がわかるような気がした。それまでは優子さんは、源弁護士は性格がただ温厚なだけの弁護士かと思っていたが、温厚な中に弁護士はどうあるべきかということに関して強い信念を持っているのだなと感じた。

住んでいた借家人

ひょろり君は、東寺の近くにある借家を下見に行った。平家の一軒家であるが、隣の家とは連なっている。玄関は鍵が閉まったままである。表札に有田という古びた文字が読み取れる。軒先の電気メーターは回転していない。色の変わった郵便物が戸の隙間に差したままになっている。窓から中は見えないものの、中が暗いことは外からもわかった。これなら、借家人はもう住んでいないことは間違いないようだと思い、少し気が楽になった。

ひょろり君は事務所に帰ってから、借家人に対する滞納賃料の支払いを求める内容証明郵便を作った。書き終わってからひょろり君は、さて、この手紙は借家人が不在で、受け取りの印鑑をもらえないから、おそらく留置期間満了で返還される。どうやって送達するかが問題だなと思案した。そこで、町内会長から借家人が不在であるという証明を書いてもらうよう、依頼者の遠藤に依頼した。町内会長は、以前に有田が借家に帰っているところを見たことがあり、不在証明を書くことに難色を示したが、それも随分前のことであったので、迷惑はかけないからとなんとかお願いして不在証明を書いてもらえた。また住民票も取り寄せて、住所が移転されていないことも確認した。

そして内容証明郵便を出して約2週間後、案の定、留置期間満了で返送されてきた。そこで準備した不在証明を使用して公示の方法による意思表示の方法をとった。これは、どこに住んでいるかわからない者に対して意思表示をするのに、簡易裁判所の掲示板に手紙を掲示することにより、相手にその意思が到達したものと見なす制度である。これによって、契約解除ができたことになる。

さて、そこで次が明け渡しの判決を得ることである。訴状を作成して裁判所に提出した。訴状も被告に送達されないので、公示送達の方法によることにした。これも裁判所の掲示板に掲示することで被告に送達されたものと見なす制度である。

これによって第1回目の口頭弁論期日が開かれた。公示送達の場合には、被告が欠席しても、それだけでは原告の言い分どおりの欠席裁判は出ない。一応、こちら側で証拠を裁判官に提出して、こちらの言い分が正しいという証明をしなければならない。ひょろり君はあらかじめ、原告の遠藤を法廷内に在廷させた。そして、賃料不払いの事実を5分程度証言してもらった。これによって、すぐに原告の請求どおりの明け渡し判決が出された。

ひょろり君は、この判決によって、明け渡しの強制執行をする準備を整えた。ただ、どの程度の荷物が置いてあるのか確認するため、念のために事前に内部の様子だけ確認することにした。本来は家主であろうと借家人の家の鍵を開けて内部に立ち入ることはプライバシーを侵害することで違法である。しかし、今回は明け渡しを命じる判決もあるし、内部の確認だけだから問題ない。

午後4時に遠藤と借家の前で待ち合わせた。4時5分前に遠藤も来た。さっそく遠藤の持ってきた鍵で中に入る。中は電気も来ておらず、しかも晩秋の4時は暮色が濃く、室内は暗い。目が暗さになれていないため、一瞬、中の様子がわからなかった。玄関を入ると畳の部屋がある。靴を脱いで上がろうとすると遠藤が「先生、もう汚いですから靴のままでどうぞ」と言った。ただ、畳の間に靴のまま上がることに抵抗感のあるひょろり君は靴を脱いで上がった。

奥の部屋に進むと、雨戸が閉め切ってあり、いっそう部屋は暗くなった。どうやら部屋の隅に布団が重ねて置いてあるらしい。遠藤も気味悪いようで、ひょろり君に近づいてそろりそろり進んでいる。

その布団に近づいた瞬間、布団がもぞっと動いた。「ギョッ！」ひょろり君は心臓が飛び上がりそうになった。布団が勝手に動いたかと思うと、その下から人が這い出てきた。

「誰だ?!」思わずひょろり君と遠藤が同時に叫んだ。

「すんません、大家さん、有田です」と弱々しい声がした。

「有田さんですか」遠藤氏がびっくりして呼びかけた。

「はい、有田です。ご迷惑おかけしてます」その影は頭を下げた。

「まあまあ、あなたはまだ住んでいたんですか？」と尋ねた。

とにかく明るいところに出ましょう。そう言って建物の外に揃って出た。しかし、有田氏の動きは緩慢で、よほど体調が悪いのではないかと思われた。外の明かりで見る有田氏の姿は惨めなものだった。服はすえた臭いのするセーターとよれよれのズボン。顔は真っ黒だった。髭は、伸びているし、全体に精気がなく、立っているだけで精一杯という感じだった。「どうしたんですか？」遠藤が心配そうに尋ねる。

「実は体を壊して仕事ものうなってしもて、収入がなくなってしもたんです……。友人の家や別れた妻の家やらを泊まり歩いてたんですけど、もうどこにも置いてもらえんようになって、またこの家に戻ってきてしもたんです」

「いつ戻ってきたのです？」

「3日前です」

「電気や水道、ガスもきていないでしょう。どうして生活していたんです？」

「友人にもろた金で水や食べ物を買うてたんですけど、一昨日から金ものうなってしもて、もうこのまここで寝てて、そのまま死ぬんかいなと思てました。そしたらみなさんが入って来はったんです」

その話を聞いて2人は顔を見合わせた。ということは、もし、もう少しここに入るのが遅かったら、有田は死んでいたことになる。強制執行で立ち入った時には死体を発見することになっていたことは間違いない。それを思うとぞっとした。

「先生どないしましょ」遠藤は途方に暮れて尋ねた。

ひょろり君はちょっと考えて、「遠藤さん、南区役所に行きましょう。そこに福祉事務所がありますから、そこで保護を依頼しましょう」

「はい」

そう言って遠藤とひょろり君は、倒れそうな有田氏を連れて福祉事務所に行った。そこで事情を話し、生活保護の手続をとってもらうよう依頼した。しかし、すぐには保護が出ないので、当座の生活費が必要であった。また、病院にも連れて行かなくてはならない。

福祉事務所の担当者が有田から事情を聞いている間、ひょろり君と遠藤は、これからどうするか相談した。ひょろり君はなぜか、以前自殺した木田のことを思い出した。ひょろり君は、保護が出るまでの生活費や医療費は自分が出してもいいと言った。

ところが、それを聞いて遠藤は笑いながらこう言った。

「先生、それはよろしい。これは私がお願いしたことです。かましまへん、こうなったら人助けや。私が全部面倒見ましょ」

ちょっと照れながらそういう遠藤の顔を見て、ひょろり君は胸が熱くなった。

「遠藤さん、それは本当にいいことです。ではお願いします。僕にもできることがあれば何でも言ってください」

それからは遠藤がすべてやるので帰っていいと言うので、ひょろり君は福祉事務所を出た。翌日、遠藤から聞いた話では、遠藤はその後、近所の医者に連れて行ったが、特に緊急に悪い箇所があるということもなかったので、公衆浴場で入浴させて、近くの旅館に泊まらせたということだった。

その話を聞いて、遠藤さんもよほど人がいいのだなと思った。と、その時、もしかしたら遠藤さんもひょろり君と同様、有田に何かをすることで心が救われるような状況だったのかなとも思った。

「いや、違うな、あの人はもともと人がよさそうな感じだったな」

ひょろり君が事務所でことの顚末を優子さんに報告すると、優子さんはなぜか涙ぐみながら、「先生よかったですね」と言った。ひょろり君は、なぜ優子さんが涙ぐんだのか理由がわからなかった。ただ、優子さんが源弁護士と目をあわせて微笑んだことだけは気がついた。

花の木にて

その夜、ひょろり君は、花の木に行った。

「ねえ、ママ、あのね、実は人を助けたんだよ」

「そんなん弁護士やったら当たり前ちゃいますのん。それが弁護士のお仕事ですやろ？」と笑いながら言った。

それからひょろり君は、からしの効いたおかきをほおばりながら、例の話をした。特に布団が動いた時の様子はオカルト映画のような感じで、声をひそめて話し、布団が動いた瞬間を大声で「ガバーッ」と言ったものだから、若い女の子がキャーッと悲鳴を上げてしまい、ほかのお客さんに謝る始末だった。

話を最後まで聞いていたママは、「その家主もええお人やねえ。一度連れて来はったら。お酒、ご馳走したいわぁ」

「えっ、それはいいねえ。じゃ僕の分も一緒にサービスってことに」

「ひょろり先生は、お仕事でしはったことですやろ。もっと社会のためになることをしてくれはったらね。それまではお預けどす」

「えーっ、厳しいな、トホホ」

その日は、気持ちのよいお酒を楽しんだひょろり君だった。お疲れ様でした。

第7話　2つの刑事事件

秋の行楽

「うわぁ、きれいだな。見て、どう？」ひょろり君は、山のガイドブックの燃える山の紅葉の写真を事務の優子さんに見せた。

「本当ですね。これ、どこですか？」

「裏磐梯だよ」

「え、福島県のですか？」

「うん。ここの紅葉一度見たかったんだ」

「先生はもともと関東のご出身ですから行かれたことがあるんと違いますか？」

「いや、まだないんだ。だから再来週の土日に行って来ようと思うんだ。ちょうど紅葉が見頃だと思うんだよね」

「いいですね。先生、最近ずっと忙しくてお休みもあまりなかったですもんね」

「そうだね。最近、少し事件も一段落したからね」

「じゃあ、先生の撮った写真、見せてくださいね」

机に戻る優子さんの後ろ姿を見ながら、優子さんと一緒に紅葉を見ているシーンを想像した。そして、ガイドブックを調べ出した。

しばらくすると、ひょろり君にファックスが届いた。それは弁護士会からで、国選の刑事事件のアンケートだった。３週間後の木曜日がひょろり君の国選事件の当番日だった。

国選事件とは弁護士を頼む資力がない被告人のために国が弁護人をつける制度だが、京都弁護士会では、国選事件を担当する弁護士が一部の会員に偏らないように当番制にしている。当番日に公判のある事件をその当番の弁護士が受任するようになっている。罪名は傷害事件だった。詳しい内容は不明だが、まあ、裏磐梯に遊びに行けなくなるようなことはないだろうと思った。

ひょろり君は大坪女史にその事件を受任することを弁護士会に伝えてもらい、起訴状を受け取ってもらうこと、検察官の請求予定証拠の謄写を申請することを頼んだ。

その日、夜8時、依頼者との打ち合わせも終わり、皆が帰った事務所に1人残ったひょろり君は、ガイドブックを広げ、裏磐梯にある宿に電話予約を入れた。紅葉シーズンではあるが、運よく宿をとることができた。やった。これであとは天気が晴れたら、最高だな。

うきうきして、そろそろ帰ろうかなと思っていると、電話が鳴った。4回呼び出し音が鳴ると留守電に切り替わる。ひょろり君は、放っておこうかなと思った。2回、3回、呼び出し音が続く。4回目、とっさにひょろり君は受話器を取った。

「はい。源事務所です」

「あっ、鴨川先生ですか。仁岡です。遅うにすんません」

それは源事務所が顧問をしているタクシー会社の社長からの電話だった。

「いえ。どうしました？」

「実はうちの運転手がちょっと前に事故を起こしまして、歩行者をはねたんですわ。それがその人が死んでしもて。えらいことになりましてなあ……」ひょろり君は社長に続きを促した。

「事故の原因は夜、中央分離帯に立っていて、そこから飛び出したんですが、運転手は人が立っていたのが全然見えへんかったとゆうてるんですわ」

「で、今は刑事の処分は？」

「それが、起訴されまして」

「どうして今まで相談に来なかったのですか」

「いやあ。遺族の人とは示談はできましたし、被害者の飛び出しですし、警察は起訴されへんやろうとゆうていましたので」

「そうですか。だけど処分を決めるのは警察じゃなくて検察官ですし、警察は甘いことを言って捜査に協力させようとしますからね」

「はい。もっと早うに先生にご相談しといたらよかったですけど」

「勾留されているのですか？」

「いいえ、違います」

「そしたら、明日にでも本人を連れて事務所に来てもらえますか？」

「はい」

電話を置こうとして、ひょろり君は公判期日の日にちを確認した。それは国選事件の裁判の日の翌日だった。「まいったな。否認事件か」ひょろり君は、場合によっては、準備に追われることになるのではないかと嫌な予感がした。

光の中から現れた歩行者

翌日、仁岡社長に付き添われて運転手が事務所に来た。色が黒く、坊主刈で外見はいかついが、話すと朴訥で人のよさそうな感じだった。ひょろり君は一番気になっていたことを単刀直入に尋ねた。

「歩行者がいることに気がつかなかったそうですが、どうしてですか？」

「いやあ。どうしたんやろう。ほんまに気がつかへんかったわ」

「前はよく見ていましたか？」

「はあ。そらもう」

「じゃあ、どうして見えなかったのですか？」

「なんでかなあ……。警察でもずっとそのことを聞かれたんですわ」

「事故は夜でしたよね？」

「はあ」

「何時頃？」

「10時半頃かなあ」

「暗くて見えなかったですか？」

「いや、そんなことはありまへん」

「じゃあ、歩行者に初めて気づいたのは？」

「もう、当たる手前に、こうパッと目の前にいたんですわ」

「視覚として印象に残っていることは？」

「何か、こう白い光が見えて、そっからその人が見えたって感じやね」

「光？」

「はあ、対向車のライトが眩しいて。それで目が眩みましてん」

「対向車？　対向車のヘッドライトですか？」どうやら、運転手としては対向車のライトに幻惑されて歩行者を見ることができなかったということらしい。

「で、警察の取り調べでは、あなたの思ったとおりに調書を書いてもらえましたか？」

「はあ、そらもう」

「本当ですか？　歩行者が見えなかったと書いてもらえましたか？」

「はあ。まあ、だいたい」ひょろり君は、首を傾げた。そうかな、そんなに簡単に警察や検察官が、事故を起こした運転手の言い分を聞くだろうか。だいいち、それなら起訴なんかするだろうか。

ひょろり君は、半信半疑で打ち合わせを終えた。とにかく記録を謄写して内容を確認しないといけないな。そのうえで事故と同じ時間に現場に行く必要がありそうだと感じていた。

拘置所での面会

翌日、ひょろり君は国選事件の被告人と面会するため、京都拘置所に行くことにした。拘置所に行くのは朝一番に限る。面会の待ち時間が少なくて済むからだ。

午前8時30分過ぎに入口で職員に名前を告げ、番号のついた札をもらう。殺風景に整備されている中庭を通り、建物の中に入る。2人の面会人が待っていた。若い情婦といった感じの女性が差し入れのために用紙に品物の明細を書いていた。長椅子には若い男性が股を広げてだらしなく座っていた。ひょろり君は、低い窓口の向こうに座っている制服の職員に弁護士用の接見用紙をもらい、被告人の氏名と自分の氏名を書き込んで差し出した。名前が呼ばれるまで椅子に座って待った。

しばらくして差し入れの手続を終えた女性が振り返った。ひょろり君はその女性を見て目を見張った。茶髪で暗い表情をしていたが、とびきりの美人だった。夫か愛人が拘置所に収容されているのだろう。こんな綺麗な女性が拘置所通いか。女性の幸せは男性によって決まるんだなあと感慨に耽った。と、その時、「カモガワ先生、カモガワ先生、2番の部屋へどうぞ」というアナウンスが聞こえた。すぐに奥の扉が開いた。暗い廊下に番号のついた扉があり、ドアを開けて中に入る。どんな被告人だろうか……、いつも初対面の時には気になる。

面会室の中は、中央が透明な板で仕切られている。仕切りの向こうとこちらでは世界がまるで違う。ひょろり君は、誰でも一歩間違えば向こうに行く可能性はあるんじゃないか、どちらに座るかは、運がいいか悪いかの違いじゃないかと思っている。自分の意志の力で犯罪を起こさなくて済むというのも、そういう強い意志を持って生まれることができたかどうかという意味では、それも運ではないのか。

ひょろり君の目の前に座った被告人は、40歳半ばの小柄な男性だった。肩を落として背中を丸めて座っている姿は、おとなしそうな、いくぶんおどおどした感じがした。

「はじめまして。国選弁護人の鴨川といいます。川井さんですね？」

「はあ」

「私は国がつけた弁護士ですが、あなたの全面的な味方です。どんなことでもあなたに不利なことはしませんし、何を話してもらっても秘密は守ります。わかりますか？」

「ええ。前にも国選の弁護士さんについてもろたことがありますさかい」そうか、前科があるんだな。

「ところで、起訴状によると、あなたは川井修一さんという方を鈍で殴ってケガをさせたとなっていますが、この川井修一さんという方は……」

「父親です」やはりそうか。

「いえ、同じ姓だし、年齢的にもそうかなあと思ったんですが……。お父さんは、今はどうされていますか？」

「死んでます」

「えっ、いつですか？」

「ケガして病院に入って、肺炎で死んでしもうて」

「では、あなたがお父さんをケガさせたことがきっかけなんですか？」

「はあ。そやと思います」

ひょろり君は自分の父親の死んだことを淡々と、まるで他人事のように話す被告人に何か違和感を覚えた。

「どうしてお父さんを鈍なんかで殴ったんですか？」

「最近、ずっと監視されてますねん」と声をひそめた。

「誰にですか？」

「宇宙人です。家の中にも盗聴器がつけられるし、家の外でもひそひそ話す声も聞こえるし……」

「宇宙人ですか」

被告人は頷いた。

「だけど、その宇宙人は何のためにしているんですか？」

「僕のことを調べてるみたいですねん」

「何を調べているんですか？」

「わからへん……。でも電波も聞こえます。あいつは怪しいし調べると言うたはる」

「えっ、電波が聞こえる？」ひょろり君は絶句した。この被告人はちょっと精神がおかしいんじゃないか。

「それで、どうしてお父さんを殴ったんですか？」

「あの日、晩に、家の外から誰か無理やり入って来んのが見えたし。それで、土間に鉈があったし、それで入ってきた奴を殴ってしもたんです」

「それがお父さんだったんですか？」

「はあ」

ひょろり君は、呆然として接見を終えた。薄暗い家に扉をこじ開けて宇宙人が入ろうとしている。それを防ごうと鉈を構え、目をぎらつかせて潜む被告人。入ってきた宇宙人の頭を殴る。土間には頭から血を流している自分の父親。なんということだ。自分の父親を鉈で殴って結果的に死亡させてしまった。

検察官もケガと死亡の因果関係は問えないと判断して、傷害罪の起訴にしたんだろうが、情状は悪いな。しかし、それにしても、盗聴とか電波が聞こえるとか、絶対におかしいな。刑事責任能力はあるんだろうか。精神鑑定の申し立てをするしかないかな。まてよ、前科があるって言っていたな。ということは、前の国選弁護人は精神鑑定はしなかったのかな。ひょろり君は、暗い気持ちで事務所に向かった。

弁護方針

数日後の夜10時過ぎ、ひょろり君はタクシー会社の社長と運転手と一緒に京都市の南部の国道近くにいた。夜というのに、大型貨物自動車がひっきりなしに通っている。運転手の言うとおりにタクシー会社の事故係の者が、当日の走行経路に従って走った。

信号を右折して国道に入る。片側２車線の国道を京都方面に向かって進行していく。

「ちょうどここいらですわ」

運転手が前方を指差す。中央分離帯が少し高くなっているが、ガードレールはない。その時、大型の対向車が近づいてきた。中央分離帯の付近がライトで真っ白になった。そして対向車が過ぎ去った直後は一気に暗くなった。

「事故の時もこんな感じでしたか？」

「そうです。歩行者がいるなんて全然気いつきませんでした」

歩行者が見えなくなったか……。ひょろり君はどこかでそういう話を聞いたことがあった。

「社長、対向車の明かりで歩行者が見えなくなるっていう現象はいわれていますよね」

「はあ、そうです。対向車のライトに幻惑されて、ライトの前にいる人が見えへんようになることはありますわ」

「ですよね。僕も教習所で、信号待ちしている時はライトを消さないと歩行者が見えにくくなって右折車の運転者が歩行者に気づかずに事故になる危険性があるって習った覚えがありますよ」

「そうです」社長は頷いた。

「蒸発現象」ひょろり君の頭にその言葉が閃いた。これで被告人の過失を争うしかないな。だけど、どうやってそんなことを証明するんだ。ひょろり君の目には、夜の国道を次々と流れる光が映っていた。

刑事記録を読んでわかったこと

数日後、国選事件の謄写記録が届いた。これは検察官が公判で証拠として提出することを予定している証拠である。弁護人としては、これを事前に閲覧して事件の内容を知り、公判期日において、これらを証拠とすることに同意するのか同意しないのかを前もって決めておくのだ。

記録を見てひょろり君は驚いた。被告人の前科は、家の近所の人を素手で殴って顔にケガをさせたという傷害事件であったが、父親が情状証人として出廷し、今後きちんと監督していくと述べたことが執行猶予の理由の一つとして判決文に記載されていた。

しかし、精神障害のことは一切問題にはされていなかった。そして、今回は執行猶予期間中の犯行であった。刑法の規定上は再度の執行猶予も不可能ではないが、通常は難しい。そうなると、前の執行猶予が取り消されて、前の懲役刑と合わせて今回の懲役刑と両方の刑が執行されることになる。

今回の事件に関する被告人の供述調書を見ると、被告人が盗聴されていると述べていることや、他人が家に入ろうとしたので鉈で殴ったということが書かれているが、あまり異常さがわからないような表現になっている。

ひょろり君は、前の事件で国選弁護人をした弁護士が顔見知りだったので電話をしてみた。電話口に出た弁護士に被告人の名前を告げると、事件のことを覚えていた。ひょろり君が被告人の精神に疑問を感じなかったかと聞くと、その弁護士は、実は自分もおかしいと思ったが、執行猶予が間違いない事件だったので、特に刑事責任能力を争うことはしなかったと説明した。

ひょろり君は、それも仕方ないかなあとは思ったが、情状証人だった父親が今回の被害者で病院で亡くなってしまったことを伝えると、その弁護士は絶句し、しばらくしてから、そうでしたかと元気のない声で答えた。

結果論だが、もし前の事件の時に精神鑑定が行われていれば、今回の事件はなかったはずだったなとひょろり君は残念だった。

ひょろり君は、被告人の精神能力のことを調べるために、精神科の医師に話を聞く必要を感じた。源弁護士に聞いてみると、精神科の溝口医師を紹介してくれた。

さっそくその医師に電話してみたが、猛烈に忙しいようで、留守ばかりで、４回目に電話してようやく連絡がついた。用件を伝え面談を希望したところ、来週の土曜日なら空いているという。その日以外は出張のために時間がとれないらしい。しかし、来週の土曜日はひょろり君が楽しみにしていた、裏磐梯行きの日ではないか。なんとかその日以外で日程を調整しようとしたが、どれも合わなかった。泣く泣くひょろり君は来週の土曜日に面談することにした。

「あー、最悪」ひょろり君は電話を置くと泣き言を言った。

「どうしはったんですか？」優子さんが心配そうに聞いてきた。

「裏磐梯行きがなくなったよ」そう投げやりに話すひょろり君からわけを聞いた優子さんが、本当に悲しそうに、「あんなに楽しみにしたはったのにねえ……」と同情してくれた。優子さんは、しばらく思案する様子だったが、こう言った。

「そうや、先生、来週の日曜日、大学時代の友達と３人で比良山に登るんですけど、先生もご一緒にどうですか？」

「ウーン、比良山か……」

ひょろり君は比良山は何度も登っているし、それに若い子の仲良しグループに1人混じってもなあという気持ちもあり、いま一つ気分が乗らなかった。

「女の子ばっかりですけど……。嫌ですか？」優子さんが気乗りしないひょろり君の顔を見て尋ねた。

「女の子ばかりか……」ちょっと恥ずかしいなという思いと、楽しそうだなという矛盾した思いが勢力争いをしていたが、すぐに決着がついた。

「ウン、せっかく優子さんが誘ってくれたんだしね、行くよ！」ひょろり君はうれしそうに返事した。

翌日、今度はタクシー会社の業務上過失致死事件の謄写記録が届いた。運転手の供述証書では、歩行者に気づいた時には、目の前に歩行者が迫り、急ブレーキをかけたが間に合わなかったと書いてある。なぜ歩行者を発見できなかったかということについては、対向車の光で眩しかったことは書いてあるが、結局は前方の注意が不十分であったからだと思うと書いてあった。

「やっぱりな。普通の人は、なかなか自分の思うようには調書は作ってもらえないんだよな」

そして、事故日から数日後の夜に行われた実況見分調書では、歩行者が中央分離帯に立っていた位置に歩行者役の警察官を立たせ、その直前に自動車を停め、運転席に被告人を乗せて、そこから徐々にバックさせ、どのくらい遠くまで歩行者が見えるかという実験をしている。その結果、約45メートル手前からでも歩行者が認識でき、十分に発見できたという結果を記載している。

しかし、注意深く実況見分調書を読むと、重大な問題に気づいた。それは、歩行者役の警察官にわざわざ光に反射する腕章をつけさせていることと、対向車線の通行を止めて対向車のライトを消させていることだった。これでは、肝心の蒸発現象の検証がまったくできないじゃあないか。しかも歩行者に近い位置からだんだん離れたら、遠くまで見えるに決まっている。なんてひどい実況見分かと呆れた。

ひょろり君の弁護方針は決まった。しかし、材料があと一つ必要だった。今回の事故のように対向車のライトで幻惑されて歩行者が見えないということを科学的に裏づける証拠が欲しかった。しかし、そのことを調査したような資料は見つからなかった。ひょろり君はなんとか公判期日までには見つけないと裁判官を説得はできないぞと焦るのであった。

精神科医師との面談

さて、土曜日は見事に晴れ渡っていた。ひょろり君は、医師との面談のために京都駅にいた。駅には行楽客が溢れていた。今頃、本当なら東京駅で会津方面行きの電車に乗っているはずであった。そして昼過ぎには紺碧の空の下、見事な紅葉に感嘆の声を上げているはずだった。

ところがその時、ひょろり君は息苦しいネクタイとスーツに身を包み、刑事記録を鞄に入れていたのであった。これで変な意見を言われたら最悪だなと思いながら、地下鉄に乗った。

目指す病院に着き、受付で来訪の目的を告げると、カンファレンスルームに通された。中で待っているとすぐに溝口医師が入ってきた。背の低い温厚そうな男性だった。笑顔を見せながら「溝口です」と挨拶した。

「お忙しいのにすみません。弁護士の鴨川です」そう言いながら、ひょろり君は名刺を差し出した。

テーブルにつくと、ひょろり君はすぐに刑事記録を出して、溝口医師に被告人が面会の時に話した内容と具体的な行動を話した。しばらく頷きながら聞いていた溝口医師は言った。

「まず間違いなく統合失調症でしょうね」

「そうですか。どんなことからそのように言えるのでしょうか？」

「統合失調症の患者は、動作や態度などの外見からわかる部分と、本人の体験を聞き取ることでわかる部分があります。その……被告人ですか、その人は、話している内容が脈絡なく飛躍しているということが一つ特徴として言えます。また、妄想や幻覚があるというのも典型的ですね。この被告人の方は迫害妄想や注察妄想ははっきりしていますが、憑依妄想もありそうですね。また、本来であれば愛すべき家族に対して暴力が向かうというのも、ある意味で精神障害と関係があります」

「そうですか」ひょろり君は今日来てよかったと思いながら、さらに質問した。

「統合失調症の場合は、自分が悪い行為をしているという自覚は持っているのでしょうか？」

「ウーン、それは難しいですね。統合失調症の患者が常に病気で正常な判断ができないわけでもありませんし、病気の程度にもよりますからね」

「そうですか」

ひょろり君は、それでも心神喪失は無理でも心神耗弱にはなるだろうと思った。さらにひょろり君は質問した。

「もし統合失調症となれば、治療が必要になりますよね。その場合には、先生の病院で治療していただけますか？」

溝口医師は「それはかまいませんよ」とあっさり答えた。

ひょろり君は、帰りの地下鉄では、行きとはまったく正反対の気分だった。溝口医師に会って、弁護方針に絶対の自信がついた。どうせ、この点がもやもやしたままで旅行に行ったって、気分も晴れないに決まっている。さて、京都駅でうまいラーメン食べて、御所をジョギングして汗を流そうかと思った。その後で、ビールを飲もう。それでもって「花の木」でも行こうかなと思い、自然と顔がほころぶのであった。

翌日も前日に続いて快晴だった。若い女性３人組みと山登りとなると、意外と緊張しているひょろり君だった。

京都駅で最初に顔を合わせた時には、ややひきつった笑顔で自己紹介をしたのだった。それでも、山に入り汗をかき出してからは、なんとか打ち解けてきた。山頂に立ち、吹き上げる心地よい風に汗が引いていく快感に浸りながら、琵琶湖のすばらしい眺めを見ていると、４人とも和やかな気持ちになっていた。

優子さんは、ひょろり君が独身生活で弁当が用意できないことをわかっていたので、あらかじめひょろり君に弁当は優子さんが用意することを伝えていた。優子さんはリュックからひょろり君の弁当を取り出して渡した。他の２人の女性は笑いながら優子さんを冷やかしていた。ひょろり君は、優子さんの手作りの弁当を幸福感に浸りながら食べたのであった。

下山の途中、自然と２人ずつに分かれて歩く格好になったが、ひょろり君と優子さん、他の２人という組み合わせだった。ひょろり君にとっては、優子さんとは事務所では必要なこと以外はあまり話をする余裕がないが、この時はゆっくりと話ができて、優子さんの新しい面を知ることができた。

緑の木々のなかで笑う優子さんを見ると生き生きしている。渓流沿いの道は石がゴロゴロしていて、優子さんが転びかけた時に、ひょろり君はとっさに優子さんの体を支えた。手に触れた優子さんの体の柔らかな感触が思いがけずひょろり君の内心を揺さぶった。

京都駅に着いて冷えたビールで乾杯した時は、裏磐梯よりも幸せだなあとしみじみ思うのだった。

いよいよ公判の始まり

さて、国選事件の第1回公判期日が来た。検察官が起訴状を朗読する。罪状認否では、被告人は、間違いないと認めた。ひょろり君は弁護人として、「被告人は精神障害のため、心神喪失であり、無罪である」と意見を述べた。

その後、検察官の証拠請求があり、すべてひょろり君は同意した。そこで裁判所は検察官にその要旨を告知させた。争いのない刑事事件では、調書の内容をすべて朗読する代わりに、その要旨を検察官が説明することで足りるということになっている。

次に、ひょろり君は被告人の精神状態と刑事責任能力に関する鑑定を申請した。鑑定請求書には、溝口医師から教授してもらった知識に基づいて、被告人が統合失調症であると診断すべきであると書いていた。

裁判所は、これを容れて鑑定を採用した。そして、次回期日は鑑定人尋問となった。

翌日は、タクシー会社の事件であった。被告人とひょろり君は、蒸発現象により歩行者を発見することができなかったので、過失がなく無罪であると答弁した。そして、ひょろり君は実況見分調書と被告人の調書を不同意にした。そして次回期日には警察官の尋問が行われることになった。

ひょろり君は、この事件を受任してから蒸発現象に関する資料がないか探していたが、未だに見つからず悩んでいた。事務所のコンピューターで過去の刑事事件の判決で蒸発現象を理由に無罪となった事件がないか検索していると、1件だけヒットした。すぐにこの判決が掲載されている判例時報を見た。すると、無罪の判決の根拠として、確かに蒸発現象が認められていた。そして、科学捜査研究所が蒸発現象に関して実験した結果がまとめられている文献があることがわかった。

「これだ！」ひょろり君は叫んだ。

すぐに裁判所の資料室に行った。資料室は分野ごとに分類所蔵されている。関連の箇所を探し出し、付近の棚をわくわくしながら探した。ところが、2度、3度と同じ棚を見るうちに、ひょろり君の額は次第に曇っていった。

「ここにはないか……」ひょろり君はあきらめて書庫を出かけた。

しかし、あきらめきれないひょろり君は念のためと思い、書籍カードを探した。すると探していた本のカードが出てきた。しかし、それは部外秘扱いとなっていた。

一応、資料課の職員に貸し出しを申し出たが、案の定、拒否された。しかし、無罪を得るためには絶対に欲しい本だ。ひょろり君は、どうやって手に入れたらいいか考えた。刑事訴訟法にはこんな場合の規定は見当たらない。

仕方ないからひょろり君は、裁判を担当している裁判官に対して、京都地方裁判所の資料課にある例の本を捜索して差し押さえしてほしいと申し立てた。すると、間もなく裁判官から電話がかかってきた。ちょっと裁判官室に来てほしいとのことだった。

すぐに飛んで行くと、裁判官は、自分から資料課にその文献を出させてひょろり君に見せるので、必要な箇所のコピーをとって提出してほしい、だからこの申し立ては取り下げてほしいと言った。

「はい、わかりました」と言うと、裁判官はこんな申し立てをされたのは裁判官になって初めてだと苦笑していた。ひょろり君は目的を達したので、上機嫌で「ありがとうございました」と大きな声でお礼を言って裁判官室を出た。

しばらくすると、裁判官の言ったとおり、見たかった本が手元に届いた。その本には、現実に蒸発現象が起きること、対向車との距離や位置関係からどうなったら蒸発現象が起きるかということが実験されていた。この実験からすると、ひょろり君の担当している刑事事件の場合は、ぴったり蒸発現象が起きる場合に当てはまっていた。

ひょろり君は、鼻歌を歌いながら該当箇所のコピーをとった。

第2回目の公判期日に実況見分をした警察官が証人として出頭した。まずは検察官の主尋問である。打ち合わせどおりなのだろう、調書の記載どおりにすらすらと証言する。

主尋問が終わり、ひょろり君の反対尋問の番になった。

「あなたは、被告人からは、対向車のライトのことは聞いていましたね？」

「はい」

「そのライトで眩しかったと？」

「はい」

「では、なぜ実況見分の際、わざわざ対向車のライトを消させたのですか？」

「それは……」

「どうしてですか？」

「あのう、対向車のライトが点いていると、事故現場付近が明るくなって見えやすくなり、被告人に不利になるからです」

この答えは、ひょろり君が予想していなかったほど無茶苦茶な答えだったので、一瞬ひょろり君も言葉に詰まった。

「あなたは、ライトで幻惑されたら逆に見えにくくなるということもわからないのですか？」と聞いた。

「そういう場合もあるかもしれませんが、今回の事故の場合には、そういうことはないだろうと判断しました」

ひょろり君は呆れてこれ以上の反対尋問は無益であると思った。

「では、歩行者役の警察官に光に反射する腕章をつけさせましたね？」

「はい」

「本件被害者の歩行者はそんな腕章はつけていませんでしたね？」

「はい」

「では、実況見分時の警察官のほうが、被害者よりは運転手から発見しやすいということになりますね？」

「いや。差はないと思います」

ひょろり君は、尋問を終えて着席してから、この警察官は本当に心からそんなふうに考えているのかと自問した。そうだとしたら恐ろしいことだ。

この後、ひょろり君は、例の文献の写しを証拠として請求し、その取り調べを行った後、被告人質問が行われ、検察官の論告と求刑、弁護人の最終弁論となった。

判決言い渡しは、３週間後の日が指定された。

鑑定の結果

しばらくして、国選事件の鑑定結果が明らかとなった。鑑定結果は、被告人は統合失調症であり、是非の判断は困難な状況にあったというものだった。検察官はあわてたとみえ、その鑑定人を法廷で執拗に尋問した。しかも、裁判官まで、是非の判断がまったく不可能ではなかったということを鑑定人に無理やり証言させた。

裁判官は心神耗弱を根拠に再度の執行猶予に付するつもりであると思われた。ひょろり君もそれでもいいと思った。そこで、弁論において、この被告人を受け入れる病院があることも述べておいた。

さて、いよいよ、交通事故の判決の日。傍聴席にはタクシー会社の社長も来ている。

「被告人は前へ」裁判官の声。被告人は証言台の前に立つ。祈るような気持ちでうつむいてボールペンの先をじっと見つめるひょろり君。

「今から業務上過失致死被告事件の判決を言い渡します」

この沈黙の瞬間がたまらなく重苦しい。

「主文。被告人は無罪」

「やった！」

弁護人席でうつむいていたひょろり君は思わず顔を上げた。裁判官の述べる判決理由はすべてひょろり君の主張したことを認めてくれていた。言い渡し後、傍聴席に来ていた記者が法廷から飛び出していった。被告人は何度も頭を下げて「先生、ありがとうございました」と言った。照れくさかった。傍聴に来ていた社長からは、「さすが鴨川先生、見事でしたね。本当にありがとうございました」と褒められた。

それから数日後。今度は国選事件の判決だ。誰も傍聴者はいない。

「被告人を懲役2年に処する。ただし、この判決が確定した時から4年間、刑の執行は猶予する」

判決は、統合失調症による心神耗弱により刑を減軽し、再度の執行猶予にしたものだった。執行猶予判決により勾留の効力は消滅するので、被告人はその時点で釈放となる。ひょろり君は、用意しておいた車に被告人を乗せて、いったん拘置所に行き、荷物を受け取り、病院に入院させなければならない。あわただしく法廷を出たら、そこに優子さんが立っていた。

「あれ、何しているの？」

「判決はどうでした？」心配そうに声をひそめて聞いた。

「うん。心神耗弱で執行猶予だよ」

「それはよかったですね。先生おめでとうございます」

「うん。……あれっ、もしかしてそれを言いに来てくれたの？」

「……」優子さんは恥ずかしそうに頬を染めて下を向いた。

「ありがとう」ひょろり君も照れくさくて、「じゃ」と言って裁判所を出た。

ひょろり君は、被告人と溝口医師との打ち合わせどおりに病院に被告人を連れて行った。受付で入院手続を済ませると、被告人とともに病棟に向かった。

何回か扉を通り、建物の奥に行くにつれ、もし、このまま誤解されてひょろり君も病院に入れられ、誰からも忘れられたらどうしようと不安になった。

しばらく行くと、ガラスの扉の向こうのロビーで患者が大勢でテレビを見ている。そこにひょろり君も被告人と一緒に入った。「あれっ、患者ばかりじゃないか。先生はどこかな？」

しかし、どこにも医師の姿がない。この状況ってまずくないか？と思ったその時、患者のなかに一緒にテレビを見ていた医師がいて、ひょろり君に挨拶してきた。

「あれ、この人、医者だったのか」ほっとしたひょろり君だった。

第8話　幽霊診療所との闘い

パチンコ出店妨害事件の依頼

「先生はパチンコしはりますか？」

京都の北山は早くも黒い影の連なりになりかけていたが、西山の背後には夕焼け空の名残りが茜色の光の塊を映していた。家々からは夕食の支度の音や匂いが京都特有の路地に充満する時刻である。しかし、源法律事務所では、誰もが今日中に済ませる仕事のメドがつき始め、忙しい活気を催す時間帯であった。

ひょろり君は自分宛の電話をとったが、電話の相手は、藪から棒な質問をぶつけてきた。

「どなたですか」

「あー、先生、高田です」

「高田さん？……ああ、高田さん、久しぶりですね」

電話の主は、中古自動車を販売する会社の経営者だった。以前、ひょろり君が代金の回収手続をしたことがあった。

「で、先生はパチンコのことは知ったはりますか？」

「いや、あんまりやらないので」

「そうでっか。そやけど、まあそれは関係ありまへん。実は、わしの昔からの知り合いがえらい目にあいましてな。先生に助けてもらおと思いまして」

ひょろり君が、電話でおおよその相談内容を聞き終えた頃には、外は完全に夜の闇に包まれていた。

大変な事件の依頼だな。ひょろり君は事件の重大性と困難性を思い、椅子の背にもたれながら天井を向いて大きなため息をついた。この時にひょろり君が感じた重苦しい予感は、ひょろり君が完全に事件を解決するまで、ひょろり君の頭を離れることはなかった。

名家の倒産

「こちらが嶋田はんです。まっ、伏見ではかなりの名家でっせ」

2日後、高田社長が連れて来たのは、ガラの悪い高田社長とは似つかわしくないおとなしい上品な顔立ちをした50過ぎの男性だった。しかし、見るところ相当に憔悴していた。名刺を出す指先が震えていた。

その隣には、脂ぎった赤ら顔の太ったはげ頭の男性が深刻な顔で座っていた。金の指輪がひょろり君の目を止めた。

「あっ、こちらは太田はん。嶋田はんの土地を借りてパチンコ店をやろうとしはったんやけど、幽霊にやられてしもたんですわ」

「幽霊？……ああ、例の話ですね」

「おや、先生、やりまんな。例と霊をかけてますのやろ」

ひょろり君は苦笑した。冗談を言っている場合ではない。嶋田と太田は愛想笑いすらしなかった。

嶋田家は代々資産家であるが、その資産のほとんどが不動産であった。そのため、先代の相続時には莫大な相続税が課税されたが、それを一時に支払うだけの現金がなかった。そのため銀行から借り入れて支払い、一部を延納扱いとした。それで嶋田としては、手っとり早く現金が入ることに不動産を活用する必要があった。たまたまそんな時に紹介されたのが、自分の土地にパチンコ用店舗を新築して賃貸するという話だった。

嶋田は地下鉄の醍醐駅のすぐ前に広大な空き地を所有していたが、そこを借りてパチンコ店を営業できれば、賃料は月額金１２００万円というありえないような金額を支払うというのだ。嶋田はその話に飛びついた。

そこで紹介されたパチンコ業者が太田だった。協議の結果できた合意は、嶋田が太田からの保証金と銀行借入金でパチンコ用店舗を建築する、賃料は営業開始後から支払うというものだった。そして、建築に着手し、パチンコ用店舗としてはかなり洒落た建物が完成した。総工費は5億円だった。

しかし、そこにはパチンコ業界特有の恐ろしい事態が待ち受けていた。それが幽霊診療所だった。

風俗営業適正化法によれば、パチンコ店を開くためには公安委員会の営業許可を得なければならないが、京都府の場合、条例により、パチンコ店から１００メートル以内に入院施設のある診療所があると許可が得られないことになっていた。

そのため、開店予定のパチンコ店の近くに以前からあるパチンコ店は、新規の出店を妨害するために、医師に謝礼を支払って形だけの診療所を開設するということがある。このような妨害目的の診療所は、診療所としての実体がないので、幽霊診療所と呼ばれている。

そして、嶋田と太田の計画したパチンコ店の近所にも幽霊診療所ができたというのである。このため、せっかくパチンコ店が完成したのに、もう2年間も営業許可を得ることができず、いわば塩漬け状態になっているのだ。多額の資金負担をしている2人にとっては、収入がないのに借金の返済だけをしなければならず、もう限界に近い状態にあった。

「誰が幽霊診療所をやらせているんですか？」

「それは、醍醐駅の近くでパチンコ店を前から営業しているスッポンの安田ですわ」太田は憎々しげに言い切った。

「スッポン？」

「食らいついたら離しまへんのや」

「どうしてそのスッポンの安田の仕業とわかるのですか？」

「そら、あいつしかありまへん」太田は、赤い顔をいっそう赤くして言い捨てた。

「うちの店ができたら、安田の店は大変ですわ。まあ売り上げはかなり落ちるでしょうな。あいつは、前にもよそでおんなじように幽霊診療所を出して、とうとうパチンコ店を潰してしもたんですわ。潰れた店のオーナーはその後自殺しましたわ。可哀相に……。先生、遺書に何て書いてあったかわかりますか？」

腕を組んで聞き入るひょろり君に対して太田は続けた。「悔しい、幽霊になって呪ってやる、でしたわ。こんなことをしても平気でいられる奴ですわ、あいつは」

「僕は、このような事件を経験したことはないのですが、公安委員会は、幽霊診療所だと判断して営業許可を出してはくれないのですか？」

「形式的に診療所として開設届けが出ていれば、公安委員会は駄目やね」

「じゃ、裁判で幽霊診療所と認められたケースはないのですか？」

「ないやろね。日本中の真面目なパチンコ屋が泣かされてますわ」

「実は、先生にお願いする前に別の弁護士さんにお願いしたんです」嶋田は、そう言って名刺を差し出した。それは、大阪の弁護士の名刺だったが、ひょろり君は知らない弁護士だった。

「この先生にお願いして、なんとか診療所をやってる医者に金を渡して、その代わりに開設届けをいったん取り下げてもらおうとしたんですが、あきまへんでした。相手は、いっときは3億円なら手を打つとゆうたんですが、その後、金目当てではないと言い出したんです」

「そうですか」

ひょろり君はどうやって勝てるのかまったく見当がつかなかったが、とにかく事件の依頼は引き受けて調査してみることにした。

その後、嶋田らは、しばらく事件の経過を話してから、前に依頼した大阪の弁護士の集めた資料を置いて帰っていった。

医者の名義貸し

ひょろり君は、その夜、記録に目を通した。その記録は、診療所の設置の禁止を求める仮処分申請事件の記録だった。

とりあえず、ひょろり君は記録に基づいて時系列で事実関係を整理することにした。２時間ほどでできあがったが、それを見て妙なことに気がついた。問題の診療所は、岩田という人物から水島という医者が賃借していたが、開設届けを出した医師は別の医者だった。そして、その後、その医者から別の医者に開設者が変わり、今は水島が開設者になっていた。まるで猫の目のように目まぐるしく開設者が変わっていたのだ。

「どうしてだろう」

ひょろり君は、何か不自然なものを感じた。しかし、記録からは、それ以上手がかりになるものは得られなかった。

　そこで、今度はパソコンで過去の判例を調べてみることにした。すぐに幽霊診療所問題に関する最高裁判所の判決が見つかったが、ひょろり君にとっては厳しい内容だった。判決では、仮に診療所がパチンコ店の営業許可を妨害する目的で開設されたとしても、診療所としての実体を有していれば、風俗営業適正化法の保護施設にあたるというものであった。

「これでは、いくら妨害目的だと証明しても駄目じゃないか。診療所の実体がないということを証明しないといけないのか……。だけど診療所の実体って何だろう？」

　ひょろり君は、その後も医療法や通達を調べたり、京都市の担当者に問い合わせする等しているうちに、記録を読んだとき感じた疑問を解く手がかりを得た気がした。

　そこで、太田らを事務所に読んで打ち合わせをすることにした。その時、ひょろり君はあることを太田に調べておいてほしいと依頼しておいた。

　事務所に来た太田と嶋田を前に、ひょろり君は座るなり聞いた。「太田さん、水島という医者のことでお願いしておいたこと、わかりましたか？」

「お願いしておいたこと？」嶋田が怪訝そうな顔で尋ねた。

「ええ、ちょっと気になったことがあったものですから、太田さんに調査をお願いしておいたんです」

「先生、わかりましたよ。水島はもともと、京都市内で水島医院という名前で内科の診療所をやっとったんです。それで、今回、醍醐の診療所の開設者になる前に、自分の医院を閉めたようですな」

「うん、うん」ひょろり君は満足そうに聞いていた。

「それで、その水島医院というのは流行っていなかったんですか？」

「いやいや、それが腎臓の透析をやっとったというんで、結構流行ってたらしくて、なんで閉めたんか不思議やというのが近所の噂らしいですわ」

「やっぱり」

ひょろり君は1人で頷いたが、嶋田と太田は何のことかさっぱりわからないという顔で聞いていた。

「まあ、これを見てください」ひょろり君は時系列に従ってまとめた表を2人の前に出した。

「この中の、診療所の開設者のところですがね、すぐに開設者が変わっているでしょ？　そして最後に開設者になったのが水島医師ですよね？」

2人は黙って頷いた。

「この水島医師は、もともとこの診療所の建物を所有者である岩田から借りている人物です。いわば黒幕の一人といってよいでしょう。では、なぜ最初から水島が診療所の開設者にならなかったのでしょうか？」

ひょろり君は、教師が生徒に質問するように2人に問いかけたが、2人とも顔を見合わせて首を傾げるばかりであった。

「実は、京都市は、医療法に基づく診療所開設の届出に関して取り扱い規則を決めていて、同じ者は1カ所の診療所の開設者にしかなれないということにしているのです。ですから、僕はひょっとして水島医師は別の診療所の開設者になっていたのではないかと思ったんです。それで太田さんにそのことについて調べていただいたのです」

「そうか、水島は自分の診療所があって、醍醐の診療所の開設者になれへんから、誰か別の医者に開設者になってもろたんか」

「おそらくは、水島以外の医者は名義を貸しているだけで、開設者としての実体はないんじゃないかと思います」

「で、先生、名義を借りて診療所を開設することはどうなんですか？　ええんですか？」

「いいえ、医療法上は、名義借りというのは厳しく禁止されています。調べてみたのですが、厚生労働省は、わざわざ名義借りによる開設かどうかを判断する基準を通達という形で都道府県に出しているくらいなんです」

「じゃあ、もし名義借りということが証明できたら、違法な診療所の開設ということが言えるんですね？」

俄然、2人の目が輝いてきた。

「そうです。それで、名義を貸した医者と接触できれば、もしかしたらそこらのからくりが証明できるかもしれません。太田さん、なんとか開設者になった医者から話を聞き出せるうまい方法はありませんかねえ」

「わかりました。知り合いに大学病院の教授がおりますんで、ちょっと聞いてみます」

事務所を出るなり、ドアの向こうで太田が携帯電話で誰かと話す声が聞こえた。

改心した医師の証言

ひょろり君は地下鉄に乗って醍醐駅に行き、周辺を歩いてみた。地下鉄東西線が延びたため、駅周辺は店もできて一気に賑やかになった。

しかし、駅前の賑やかな雰囲気とは不つりあいなシャッターの閉まったままの巨大な建物が目についた。これが、依頼者のパチンコ店だ。カラフルな外装に、コスモスというパチンコ店の名前が寂しく感じられた。

そこから目と鼻の先に、小さな民家のような診療所があった。そこには醍醐水島診療所という看板が掲げられていたが、ひとけはなかった。しばらくすると中から年寄りが1人出てきた。白衣の看護師がドアを開けて患者に愛想よく話しかけるのが見えた。

「こんな、ちゃちでいかがわしい診療所に、この巨大なパチンコ店が潰されかけているのか」

ひょろり君は法の不備を目の前に突きつけられた気がして、なんとしても、この理不尽な状況を解決しなければと強く思った。

数日後、太田から、一番初めに開設者になった医者と会えることになったという吉報が入った。学会の開かれているとあるホテルのロビーで夕方5時に会うことになった。

「どうして会えることになったんですか？」ひょろり君は道中の車の中で太田に尋ねた。

「ラッキーやったんですわ。もともと伊藤医師、ああ、今日会う医者ですがね。もともと彼のいた医局が内部分裂というか、権力争いがありまして、彼の師匠の教授が失脚したんですわ。そんで、彼は今はある病院に勤務してるんですが、そこの病院長がたまたま私の知人の親友でして。親友を通じてそこの病院長に話をしたら、それはけしからんということで、病院長が伊藤に対して、私らに協力して事実をありのままに話すように説得してくれたということですわ。あいつは、自分の教授にはもう頼れまへんし、病院長にはかなり叱られて、おとなしゅうなってるみたいでっせ」

なるほど、ひょろり君は、意外なところに糸口があるんだなと思った。

ひょろり君らは、5時少し前にロビーに着いたが、それらしい人物はいなかったので、ソファに座って待つことにした。しかし、5時を過ぎても伊藤は現れなかった。本当に来るのだろうか、土壇場で会うのを嫌がったんじゃないのか、ひょろり君は心配になった。しかし、まもなく小柄で神経質そうな人物がきょろきょろしながらこちらに歩いてきた。どうやら伊藤らしい。

「伊藤さんですか？」太田が声をかけた。

「はい」そう言いながら伊藤はひょろり君の前に立って、礼をした。

「太田といいます。こちらは弁護士の鴨川先生です」

「鴨川です」ひょろり君は名刺を出した。

ソファに座っておもむろにひょろり君は切り出した。

「まず、はじめにお話ししますが、もし、伊藤先生が僕らに話したことで誰からか圧力や脅しのようなことを受けることがあったら、僕がちゃんと守りますから安心してください。いいですね？」

ひょろり君は、伊藤が幽霊診療所を作った人物に脅されることを恐れて本当のことを言わないのじゃないかという危惧を抱いていたので、まず伊藤を安心させようとした。

「はい、お願いします」

伊藤は、不安そうに何度も組み直している指を解いて、膝に手を置いて頭を下げた。やはり、伊藤医師は心配しているようだった。

「大丈夫でっせ。この先生はきっちりしてますから。わしも知り合いに警察官がようけおりますし」太田も調子を合わせてくる。

「それから、お話をテープに録音していいですか？」

伊藤は頷いた。

「では、先生があの診療所の開設者になったのは、誰に頼まれたのですか？」

「それは指導教授の生野教授です」

「生野教授は、水島医師とは知り合いだったのですか？」

「はい。親しいみたいでした。医局の研修医を水島医院でアルバイトさせていただいていたということもありましたし」

「なるほど。それで、今回は生野先生からどう言われたのですか？」

「醍醐駅の近くに水島先生が新しく診療所を開くのだけれど、開設者に私の名前を貸してほしい、開設者に名前を貸しても、週に1回、夜3時間だけ診療してくれればよいということでした」

「なるほど。だけどなぜ先生に名義を貸してほしいと言ったのですか？」

「確か、京都市では1人の医師は1カ所しか診療所の開設者になれないということでした。水島先生は別のところで診療所をされていましたから」

ひょろり君と太田は顔を見合わせて頷きあった。

「実際に診療所に行ってどうでしたか？」

「はじめて診療所に行った時は変でしたね。だって、まだ薬の棚とかの内部の工事ができあがっていなかったんです。だから随分と急いでいるんだなと思いました」

「それで患者は来たんですか？」

「いやあ、はじめは全然来ませんでしたね。ですからいいバイトでしたね。診療しないで本を読んでいたらいいんですから」

「後からは患者は来たんですか？」

「ええ。だけど、水島医院の患者を車で送迎していただけですけど」

「えっ、ほんなら、わざわざ患者を離れた醍醐まで車で運んでたんでっか？」太田は目を丸くして繰り返した。

「診療所としての実績作りですよ。ところで、診療所の報酬請求は誰の名前でしていましたか？」

「それは私の名前でした。ただ、銀行の預金通帳は水島医院の事務長さんが管理してましたので、私は全然タッチしていませんでした」

「税金の申告は先生の名前でしていたんでしょう？」

「はい。でも、私は、何もしていないので中身はわかりません」

「じゃあ、実際は誰がしていたんですか？」

「水島先生です。あのう、これが水島先生から送られてきた書類なんですけど……」

そう言って伊藤は手紙を広げた。そこには、税金の申告は伊藤の名前で水島がやっておくが、それによって伊藤に課される税金は水島が払うと書かれていた。

「それから、こんな書類も送ってきました」

伊藤は、封筒を差し出した。中には手紙が入っていた。賃貸借契約書を同封するが、そこに伊藤先生の署名・押印をして返送してほしいと依頼が書かれていた。しかし、ひょろり君が驚いたのは、手紙の日付だった。それは、伊藤医師が開設者を辞めて、水島が開設者となっていた時期だったからだ。

「これは、どういうことやろな」太田は首をひねった。

「バックデイト、日付を遡らせて賃貸借契約書を作ったってことですよ。つまり、裁判対策のために、伊藤先生が実質的な開設者だということを偽装しようとしたんですよ」

「そうか。ウーン、悪知恵の働く奴やな」

「ところで、先生は1年足らずで開設者を辞めていますよね。それは、どうしてですか？」

「実は、私は、この診療所は入院患者がない診療所と聞いていたんですよ。いえ、実際に入院できるような設備なんかありませんしね。ところが、ある日、事務長から、『先生、今日から2人の入院患者があります』

ということを言われたんです。びっくりしまして」

「入院用のベッドとか、あったんですか？」

「いいえ。２階には確かにベッドはありましたが、それは点滴用のベッドでした。確か布団もありませんでした。それに、夜間に入院患者の容態が急変しても対応できませんし、私は、責任が持てないと言って反対したんです」

「確かに入院患者に万一のことがあったら、開設者の責任になるしなあ。医者や看護師の夜間の当直はあったんかいな？」太田は身を乗り出して尋ねた。

「いいえ。まったくありません。ですから私は反対したのですが、すると今度は水島先生が出て来られて、『それは大丈夫だ。大した病気ではないから。先生は診察だけして、点滴の指示だけしてくれればいい。入院の指示書は自分が書くから』と言われたんです」

「先生も診察されましたか？」

「はい」

「どこが悪かったんですか？」

「1人は肝機能が低下していたのと、もう1人は血圧と血糖値が高かったですね」

「それは入院する必要のあるような悪さでしたか？」

「いいえ、全然。ですから、なんで入院なんかするのかなって思ったんです。それと、その頃変な噂が耳に入ってきたんです」

「変な噂？」ひょろり君と太田は同時に声を出した。

「はい。実はこの診療所は近くにできるパチンコ店の妨害のためにしているんだというのです。で、私もその噂を聞いて、それならなんとなく辻褄が合うなって思ったんです。ですから、いつ、水島先生に辞めさせてほしいとお願いしようかなと毎日思っていたところに、ちょうど大学の研究室に入る話があったので、それを機会に辞めたんです」

「そうでしたか」

「ところで、先生、先生の言っていた入院患者って、この2人ですか？」

ひょろり君は、別の弁護士がやっていた裁判の記録を開いて伊藤に見せた。それは水島側の弁護士の提出した入院録であった。伊藤はパラパラめくり、「そうです。この2人です」と答えた。

そうか、入院実績も偽装か。ひょろり君は、幽霊診療所の本質を垣間見た気がした。同時に水島という医者が並々ならぬ悪者であることを実感した。

「最後に一つ、先生はどうして僕たちに本当のことを話そうと思ってくれたんですか？」

伊藤は、すぐには答えなかった。しばらく適切な言葉を探しているようだった。

「ずっと、自分が悪いことに協力してしまったのではないかという後悔がありました。それに、今、私のいる病院長の先生が医師としても人間としても尊敬できる方で、その先生から本当のことを話して協力すべきだと言われたのです」

「そうですか。先生には、裁判で証言していただきますが、そのことで、万一、水島側から圧力がかかるようなことがあれば、僕らが全力で守りますからね」ひょろり君は伊藤の顔を正面から見据えて言った。

「はい。お願いします」伊藤は、すがるような目でひょろり君に答えた。

作戦開始

太田とひょろり君は、帰路、今後の作戦を相談した。伊藤から手に入れた情報と手紙類は幽霊診療所の実態を暴く重要な材料だった。しかし、ひょろり君は最高裁判所の判決が入院施設のある診療所の実体の有無を問題にしていることを気にしていた。彼はなんとしても、入院患者の真相を知ることができないかと思った。

「太田さん、なんとか偽患者から話が聞けないでしょうかね。やはり無理でしょうかね」

「そやなあ、そら、偽患者をつこうたということがわかれば、えらいことになるしなあ。まあ無理違いますかね」

ひょろり君は、偽患者の協力が重要な鍵になるという予感はしたが、確かに水島側の人間だろうし、無理だろうなと思い、あきらめた。

ひょろり君は、それからは伊藤から聞いた話を陳述書にまとめて、伊藤に確認し、訂正したうえで伊藤に署名をしてもらった。

また、そのほかに弁護士法23条の２に基づき、京都弁護士会会長名で社会保険基金と国民健康保険組合に対して、水島医院の開設後、現在まで診療報酬請求において、入院費用の請求があるかを照会した。弁護士法23条の２には「弁護士は、受任している事件について公務所又は公私の団体に照会して必要な事項の報告を求めることができる」という規定があり、回答を強制できるわけではないが、大概は回答を得ることができるので、弁護士にとっては重要な情報収集手段である。

２週間ほどすると弁護士会から回答が届いたという連絡が入った。すぐに優子さんに取りに行ってもらった。この回答によれば、ひょろり君の予想したとおり、ただの1回も入院費用の請求はなかった。

仮処分でベッドの強制搬出

ひょろり君は、伊藤医師の陳述書、税務申告に関する資料、日付を遡らせて賃貸借契約書を作らせたという資料、それに弁護士照会の回答を証拠にして、仮処分申請をやろうと決めた。

仮処分とは、事態が緊急を要し、通常の訴訟をしていたのでは間に合わないという場合に、とりあえず言い分が正しいと思えるだけの証拠を裁判所に提出し、裁判所から暫定的に命令を出してもらう手続である。とりあえずの命令であるため、最終的には訴訟の判決によって決着しなければならないが、迅速に事態を打開できるため、使い方によっては一気に勝負がつく場合もあり、弁護士の腕の見せ所である。

ひょろり君は、裁判所は診療所からベッドを搬出するということについて、かなりの抵抗感を持つだろうということを危惧した。水島医院から入院用のベッドの撤去を命じる仮処分申請書を裁判所に提出した。しかし、ひょろり君は、裁判所は診療所からベッドを搬出するということについて、かなりの抵抗感を持つだろうということを危惧した。そこで、へたをすると、この抵抗感だけで申請を却下されてしまうだろうと思われた。どうしたら、この抵抗感をなくせるのか。

「そうだ」

彼がそう呟いた時には、時刻は夜10時を回っていた。誰もいない事務所の中で、ひょろり君は沈思していた椅子から立ち上がった。ひょろり君は目を輝かせながらパソコンの画面に向かい、仮処分申請書の「申請の趣旨」を書き直した。その結果、申請の趣旨は次のような文言になった。

申請の趣旨

債務者は仮にベッドを搬出しなければならない。債務者はこの決定日から３カ月間は診療所内にベッドを設置してはならない。

ひょろり君のアイディアは、ベッドを設置してはならない期間を３カ月に限定することだった。診療所に与える不利益を最小限度にすれば、裁判官の抵抗感は小さくなるだろうと考えたのだった。

裁判所から、ひょろり君側と水島医師側の双方から事情を聞くための審尋を行うと連絡してきた。いよいよ幽霊診療所との対決だ。はたして裁判所が幽霊だと認めてくれるのか、ひょろり君にはまったく自信はなかったが、こうするよりほかに方法はなかった。

審尋の日、水島側代理人は激しい内容の書面を提出してきた。

以前に同じような仮処分申請をして却下されながら、またも同じ申請をするものであり、権利の濫用である。妨害目的などまったくない診療所であり、ベッドを搬出するというのは患者の生命の安全を脅かすもので断じて許されないというようなことが書かれていた。

それを見たひょろり君は、言葉の激しさに一瞬たじろいだが、書面の内容を詳しく読んでみると、名義借りのことや、偽患者のことについては何も具体的な反論をしていないことに気がついた。

もう一つひょろり君の意を強くしたことは、担当の裁判官が小山裁判官だということだった。小山裁判官は、弁護士間の評価が高く、物静かで当事者の言い分を聞く良い裁判官という評判だった。しかし、ひょろり君は、小山裁判官の本当に優れた点は、偏見を持たないこと、いざとなれば過去の判例にこだわらず、思い切った判断をするだけの勇気と見識を持っていることだと密かに思っていた。小山裁判官なら、もしかしたらおかしいと感じてくれるかもしれないと期待が持てた。

案の定、伊藤医師の陳述書と裏づけ資料に基づいてひょろり君が説明することを頷いて聞いていた小山裁判官は、門前払いを強硬に要求する水島側代理人に対し、具体的な事実に関して主張があれば、2週間以内に反論するように命じた。そのうえで、できるだけ早く決定を出すと宣言した。

2週間後に提出された相手の書面には、いろいろと反論が書かれていたが、どれも言い逃れというような類の内容だった。それからというもの、ひょろり君はどんな決定が出るのか気が気でなかった。

太田からは毎日のように電話がかかってきた。

「先生、決定はまだですか？　いつ頃になりますやろか？　勝てますか？」

「そんなことわかるわけないだろう。こっちが聞きたいよ」ひょろり君は、そう答えそうになるのをぐっとこらえて、努めて平静に答えた。

「もうじきだと思います。こればかりはいつ決定が出るかはわからないのです。結論ですか？　何とも言えませんが裁判官は興味を持っていたことは確かです。認められる可能性はあるのではないでしょうか」

そんなやりとりが続き、いい加減ひょろり君のストレスも相当に高くなったある日、小山裁判官からひょろり君に電話があった。小山裁判官と聞いて電話機に飛びついた。

「もしもし、鴨川です」

「鴨川先生ですか。小山です。例の事件ですが、仮に決定を出すとして、保証金についてどのようにお考えですか？」

「保証金ですか。はい。えーっと、それは出していただけるのでしたら、いくらでも。……いや、スミマセン、そういうわけにはいかないのでした。建築費や店の設備投資などで資金が底をついています。それにベッド設置禁止期間も３カ月に限定していますから。うーん、そうですね……。あっ、裁判官はいくらをお考えですか？」

「まあ、確かに期間も限定されていますし、入院患者の実績もありませんから、だいたい２００万円ぐらいかなあとは考えています」

「はい、それで結構です。ありがとうございました」

「いえ、まだ決定すると決めたわけではありませんから」裁判官の声は心なしか笑っているように思えた。

電話を終えるとひょろり君は、すぐに太田に電話した。

「太田さん、今、裁判官から電話があり、どうやら仮処分を認めてくれるようですよ」

「えっ、ほんまでっか。いやあ、やりましたね。先生」

「よかったですね。それで、保証金を裁判所に積まないといけないのですが、裁判官は２００万円と考えているようです」

「保証金というのは？」

「仮処分の場合は、とりあえずの決定なので、もし、その後の本裁判で負けた場合に相手に損害を与えるおそれがありますので、それを賠償する担保として、保証金を積ませるのですよ」

「その保証金は最後には帰ってきまっか？」

「はい。本裁判に勝てば全額返りますし、万一負けた場合でも、相手が仮処分によって損害を受けたということが証明されない限りは、保証金は返ります」

「なるほど」

「で、２００万円は用意できますか？」

「それは、なんとしてでも用意します」

「この話を嶋田さんに伝えてあげてください。喜ぶと思いますよ」

それから2日後、仮処分の申請を全面的に認める決定が出された。ひょろり君は事前に預かっていた保証金２００万円を供託し、執行の申し立てを行った。

いよいよベッドを搬出する時だ。執行官と日程を調整して、水島医院に赴いた。診療所内には患者がいるため、執行官は小声で受付の者に来訪の旨を告げた。応対に水島が出てきた。ベッドを搬出すると告げる執行官に対し、水島は「今、ベッドは患者が点滴に使用している、医療行為をしているから搬出には応じられない」と答えた。どこまでもしぶとい。

執行官とひょろり君はいったん表に出て相談した。

「仕方ないので今の患者の点滴が終わるまでは待ちましょう」執行官の意見に頷かざるをえなかった。

「その代わり、次の患者に点滴すると言っても執行しましょうね」と言った。水島ならそれぐらい言いかねないとひょろり君は思った。

それから約1時間待たされたが、ようやく執行が開始した。待機していた作業員に開始の指示をして、2台のベッドを近所に借りておいた倉庫に運び入れた。30分程度で執行は終了した。

公安委員会の決定

仮処分の執行を待ってすぐに、公安委員会に太田が許可申請をした。これで、許可を得るための邪魔ものがなくなったと思えた。しかし、頭の固いお役所である。しかも、一度不許可にした面子もあろう。万が一を考え、ひょろり君は、公安委員会のお膳立てをしている府警本部生活安全課に日参した。しかし、面談した担当警察官は明らかに不興の様子であり、ひょろり君は嫌な予感がした。そして、数日後、ひょろり君が事務所である裁判の書面を書いている時に、太田が血相を変えて飛び込んできた。

「先生、駄目でした。また不許可でした。警察はどないなってますんやろか」

「そうですか……」ひょろり君は虚脱感というか、無力感に萎える自分を実感した。

「どないしたらええんです？」そう太田の目は訴えていた。

この時ほど専門家であることの厳しさを実感したことはなかった。しばらく考えてから、ひょろり君はおもむろにこう言った。

「まずは、却下決定に対して異議申し立てをしなければなりません。しかし、結果は目に見えてますから、その後で行政訴訟を起こしましょう」

「公安委員会を相手にでっか？」

「はい。それだけではありません。妨害した水島と岩田を相手に損害賠償の訴訟を起こします」

太田は、ひょろり君が毅然とした態度で言い切るのを頼もしく感じた。

「先生、やりまひょ。どうでっか、これから焼肉でも食って気勢を上げまへんか？」

源弁護士の指導で普段は依頼者とは決して食事を共にしないひょろり君であったが、この日ばかりは、遠慮なくはめをはずした。酔いながらも、遠い道のりを行かなければならない重荷を心の中に感じないわけにはいかなかった。

行政不服審査法により、行政処分に不服のある者がとれる手段が法律で決められている。この場合は行政処分をした行政庁自身に対して再考を求める異議申し立てという方法がある。これに基づいて異議申し立てを行ったが、石のように無表情な公安委員の前で、一度、口頭で意見を述べる機会が与えられただけで、すぐに異議申し立ての棄却決定が出された。

2つの裁判

ひょろり君は、これを受けて直ちに、京都府公安委員会を相手に不許可処分の取り消しを求める抗告訴訟を提起した。これは行政訴訟という訴訟で、通常の民事裁判とは異なる訴訟である。それから、しばらくして水島と岩田に対し、出店妨害による損害賠償請求訴訟を起こした。よって幽霊診療所をめぐって裁判が2つ係属することになった。

裁判は、民事訴訟のほうが早く進み、伊藤医師や水島医師の尋問が行われることになった。

伊藤医師は、自分は名義を貸しただけに過ぎず、実際の開設者は水島であること、賃貸借契約書が後に偽装されたこと、入院の必要のない患者を入院させていたことなどを証言した。

午後からはいよいよ水島医師の証言である。

ひょろり君は緊張からとても昼食を食べる気がしなかった。昼休みには何回も記録を読み返し、昨夜、水島医師のあらゆる答えを想定し、反対尋問の組み立てを工夫した尋問メモを読み返した。水島医師の反対尋問はこの裁判の行方を左右する重要な山場だった。食欲がなくなるのももっともだった。

午後1時30分、水島側の弁護士の主尋問が始まった。水島は、悠然と自分は醍醐の地域で住民に良質の医療を提供したいから診療所を開いたのに、パチンコ店の出店妨害をしているなどと言われ、心外であると証言した。次はいよいよひょろり君の反対尋問だ。傍聴席には、嶋田、太田の顔が見える。

ひょろり君は、まずは伊藤医師の証言に沿って、水島に名義貸しの事実関係を認めさせた。次は妨害の意図があったという点に関する尋問に入った。

「あなたは、以前にご自分の診療所をやっていましたね？」

「はい」

「赤字でしたか、黒字でしたか？」

「黒字でした」

「本件の診療所は赤字ですね？」

「はい」

「もとの診療所は黒字だったのに、あえて閉鎖して赤字の本件診療所の開設者になったのですね？」

「どういう意味ですか？」

「そうなりませんか？」

「……」

「答えたくありませんか。では、結構です。次の質問に移ります」

ひょろり君はこれ以上の深追いはいけないと思った。どうせ、妨害目的だなんて言うはずはなかった。いったん別の質問に移ろう。

「本件の診療所では夜間の当直は置いていますか？」

「いいえ」

「入院患者に食事を提供するための設備はありますか？」

「いいえ」

「一番初めに伊藤医師が開設者になった時に、まだ内装工事は完了していませんでしたね？」

「棚の設置が遅れていただけです」

「診療所の工事は完全には終わっていなかったのに、急いで診療所を開設したのですね？」

「別に急いでいたわけではありません」

「伊藤医師が開設者であった間、この診療所に患者が入院したことがありましたね？」

「はい」

「あなたが診察したのですか？」

「そうです」

「入院の必要があると判断したのですか？」

「はい」

「当直の医師とか看護師は置きましたか？」

「いいえ。必要性がありませんでした」

「では診療所の戸締りは誰がしたのですか？」

「患者さんです」

「食事はどうしましたか？」

「特段、食事制限の必要性はなかったので外食許可しました」

「では、入院の必要性はなかったのではないですか？」

「いいえ」

「あなたはもともと京都市内で透析を行う医院を開設していましたね？」

「はい」

「その医院の経営は黒字でしたか？」

「はい」

「それを閉鎖して、本件の診療所の開設者になったのですね？」

「……はい。地域の患者さんのためですわ」

「本件の診療所は赤字ですね？」

「なんでそんなことを答えなあかんのですか？」水島は憮然としてそう答えた。その態度には誠実さの微塵も見受けられなかった。

「答えていただけませんか」ひょろり君は水島の横柄さを際立たせるためわざと下手に出る聞き方をした。

「そやからなんでそんなことがこの裁判と関係があるのかわからんしね」

「証人は質問に答えてください」裁判長は不機嫌な顔で証人に証言を促した。

「……はあ、まあ赤字でしたが、だんだんによくはなっています」水島は渋々答えた。

「今でも赤字なのでしょう？」

「そうです」ふてくされて水島は言い捨てた。

ひょろり君は、なぜ、わざわざ黒字の診療所を閉鎖して本件診療所を開いたのかと追及しようという誘惑にかられたが、反対尋問では「なぜ」という質問はしてはならないと習ったので、我慢した。そして、もうこれ以上聞くことはないと考え、着席した。

すると裁判官が記録をめくりながら水島に質問した。

「入院記録を見る限り、血圧を測定し、点滴をしている程度のようですが、それで間違いありませんか？」

「はい」

「点滴で投与したのは何ですか？」

「栄養剤です」

「何か特別な薬というわけではないのですか？」

「はい」

これで、証人尋問は終わった。

ひょろり君は、これでこの診療所が怪しい診療所であることを示すことができたのではないかと思った。しかも、かなり裁判官は水島に対して悪印象を持ったことは間違いなく、手ごたえは十分だった。

それから3カ月後が損害賠償訴訟の判決言い渡しの日だった。ひょろり君は、法廷には行かず、事務所で他の事件の準備をしていた。特別な事件を除き、民事事件では判決言い渡しに立ち会うことはない。裁判所は、法廷では結論を言うだけで、理由は説明しない。だから弁護士は、通常は電話で判決結果を聞いて、判決書をもらいに行くだけで、判決を聞きには行かない。しかし、本当の理由は、自分が負けたら嫌だから行かないのだ。

判決言い渡し予定の午後1時10分。ひょろり君は事務所で仕事をしていても気が気でなかった。午後1時30分、太田から電話が入った。

「先生、勝ちましたで。満額認められました！」

「そうですか……。よかった！」

ひょろり君は、受話器を握り締めた。心の底から喜びが湧き上がってきた。

「先生、裁判官がこの判決は仮に執行ができるみたいなことを言わはったのですが、どういう意味でっか？」

「それは、判決に不服があるほうは高等裁判所、最高裁判所へと上訴ができるので、上訴できる期間は判決は確定しないのです。そして、本来は判決が確定しなければ、判決に基づいて強制執行はできないのですが、仮執行宣言が付くと判決が確定しなくても仮に強制執行ができるのです」

「ほな、先生、この判決で水島の診療所に対しても強制執行できるんでっか？」

「できますね」

「ほんなら強制執行しまひょ」

「そうですね。競売にかけてこちらが買い取りましょうか？」

「そしたら邪魔もんもなくなるというわけでんな」

「まあそうですね」

「そやけど、こうなると、行政訴訟のほうもいけそうでんな」太田の弾んだ声がする。

「そうだといいですね」ひょろり君も、この調子ならいけるんじゃないかという気持ちで明るい声で答えた。

嫌がらせ

それから数日して、思いがけない事件が起きた。深夜、太田の経営する別のパチンコ店舗の表のガラスが何者かによって割られ、そのうえ放火されたのである。幸い、警備員が発見して消防署に通報したので一部の焼損にとどまった。

太田は、ひょろり君と相談して被疑者不詳で告訴状を警察に提出することにしたが、できあがった告訴状を受け取りに来た太田は「安田のやらせたことに間違いありまへん。これであいつもあきまへんわ」と憤慨していた。

しかし、ひょろり君は、内心、目撃証言や物証がない以上、ライバル店の経営者というだけでは到底、安田を捜査の対象にはできないし、結局、警察は犯人を捕まえることはできないだろうなと思った。

ひょろり君は、安田の店が放火されたと聞いて腹わたを握られるような緊張感に一瞬捉えられた。パチンコ業界の奥底に蠢く得体の知れない黒い力の影を見た気がした。損害賠償訴訟の勝訴判決に浮かれていたひょろり君に対して、この事件の解決が簡単にはいかないことを暗示しているようであった。

それから、その暗示の示すとおりに事態が展開していった。行政訴訟の判決で予想外に敗訴してしまったのだった。判決の理由は、水島には、パチンコ出店妨害の意図は認められるが、この診療所には現実に入院患者が存在すること、通院患者の診療も行っていること、ベッドは仮処分で搬出されて存在しないが、布団が敷いてあり、入院設備が一応存在することが認められるため、診療所の実体がないとまでは言えないということであった。

期待していただけに、ひょろり君の落胆は大きかった。

源弁護士の助言

事務員がすべて帰った後の夜の法律事務所で、ひょろり君は思いあまって源弁護士に相談してみた。

源弁護士は、ひょろり君と依頼者や事務員との会話からおおよそ事件の概要は知っているものの、ひょろり君から尋ねない限りは、めったに手助けをしたり、口を挟んだりはしない。

ひょろり君が弁護士になって1、2年目くらいまでは、ひょろり君の危なっかしさが目にあまり、おかしなことをやりそうな時だけは、それはこうしたらどうですかという程度の意見を言ったことはあったが、それ以外はめったに口を出さなかった。

ひょろり君の同期の弁護士の多くが、法廷においてですら、同行した先輩弁護士から細かく指導されている姿を見て、自由にやらせてもらっていることを常々、ありがたいと感じていた。

もちろん、失敗の痛手は小さくないが、自分ですべてやることで一つ一つが自分の血肉になる実感を持つ喜びは代えがたいものだった。それは、責任を負うべき事務所の所長弁護士としてはなかなかできないことであり、それだけひょろり君に対する信頼が厚いということの表れでもあった。

「源先生、ちょっとご相談があるんですが」

ひょろり君は、何かの事件記録に目を通してる源弁護士に話しかけた。源弁護士はゆっくり老眼鏡を外しながらひょろり君のほうを見た。すでにじっくり相談に乗ろうという姿勢を示していた。

「ええ、何でしょう」

「実は、幽霊診療所の事件のことですが」

「ああ、難関のやつですね」

「そうなんです。実は昨日判決があったのですが、負けてしまいまして。これが判決文なんですが、どうしたら控訴審で破棄してもらえるかわからないんです」

そう言いながらひょろり君は源弁護士に判決書を見せて、事件の内容と判決理由を説明した。「うん、うん」と頷きながら判決文を吟味してから、源弁護士は言った。

「裁判所も、妨害の意図を持って診療所を開設したことは認めていますね。だいぶいいところまではいっていますね。……それでも駄目なのは、やはり最高裁判所の判決が大きいみたいですね。風営法は、保護に値する入院施設のある診療所というものを不許可の要件にしていますから、保護に値するような入院施設を持ち、それだけの実績を有しているか、あるいは将来、実績を持ちうるような診療所の実体があるのかということを最大のポイントにすべきでしょうね。最高裁判所の判決もそういう趣旨で理解すれば、正しいことを言っていることになるでしょうね。そういう意味では、この判決の認定と判断は最高裁判決の言葉を形式的になぞっているだけで、杜撰な判決ですよ」

「そうですか」

「だから、控訴審では、最高裁判決を風営法の規定や法意からして、どう理解すべきかということも主張して、この診療所に患者を入院させるだけの態勢があるかということをもっと強調したらどうですか？　その意味では、誰か医者に協力してもらって、この診療所にはそういう意味でも態勢がないということを証言してもらってはどうですか？」

「なるほど、そうですね」ひょろり君は、もやもやした問題意識が次第に解きほぐされていく気持ちよさを感じながら聞いていた。

「あと、判決文には入院患者がいると書いてありますが、本当なのですか？」

「ええ。ただし、初めに開設者として名義を貸した伊藤医師の話によれば、入院の必要のない偽患者だったそうです」

「へえ、偽患者ですか。それならそのへんの入院の必要のない患者だということも第三者の医師に証言してもらう必要がありますね」

「裁判所に鑑定をしてもらいましょうか？」

「ウーン、だけど相手もバカじゃないから、カルテや入院録にはそれなりのことを書いてあるだろうし、どこか体に具合の悪いところのある人間だったら、まったく入院の必要性がないと言い切らないかもしれませんよ。危険ではないですか？」

「確かにそうですね。源先生は、誰か協力してくれる医者をご存知ありませんか？」

「こういうことは、よほど見識の高い医者でないとね。……誰かねえ。どうですか、うちの事務所が顧問をしている病院の片岡先生は？」

「片岡先生って病院長でしょう。確か、内視鏡手術では日本でも５本の指に入る先生ですよね」

「そうです。顧問だから無理も言えるし、なにより片岡先生は医師としての理想が高く、見識という点からはすばらしい人ですよ。内視鏡手術に力を入れているのは、患者にかける負担を小さくし、できるだけ入院も短くて済むようにしてあげたいという気持ちかららしいですよ」

「でしたら、必要もないのに入院させるような医師には厳しい意見を言ってくれますでしょうか？」

「そうでしょうね。それに片岡先生は、医者が自分の実績のために、内視鏡が適さない患者にまで内視鏡手術をしようとする風潮が若い医者にあるとこぼしていましたね。なかなかの見識だと思いましたね」

「先生、ぜひとも片岡先生にご紹介いただけますか？」ひょろり君は勢い込んで言った。

「いいですよ。ただ、せっかく裁判所が証人採用しても、その時に手術が入ってしまうと証言できなくなるおそれがありますよ」

「そうですね。そうしたら、片岡先生にあらかじめ陳述書を書いてもらい、それを証拠として提出しましょうか？」

「そうですね。そのほうがいいね」

「そしたら、僕が一審で、名義貸しだとか、妨害の意図があるとか強調したのは的外れのことをしていたのでしょうか？」

「いや、そんなことはありませんよ。そのことと診療所としての実体がないということは、幽霊診療所の実態を示しているのではないかな。だから、妨害の意図があるということは絶対に強調すべきことですよ。それに、裁判官だって感情を持った人間ですから、こんなけしからん診療所だと思わせるのは大きく結論に影響しますよ。ただ、ひょろり君は、この事件の難しさがほかにあることに気づいていますか？」

「ほかの難しさですか？」

「そう。裁判官はパチンコ店にも好感を持っていないということです。昔から破産するような人の借金の原因の多くがパチンコや競馬、競輪などだということを裁判官は知っていますからね。それに片方は医者でしょ。いくら腐っていても医者ですから、それに対してパチンコ業を勝たせてくれという裁判ですからね、いくら職業差別はよくないときれいごとを言っても、裁判官の心にはそういう感情があるということは間違いないでしょうね。だから、初めから大きなハンデを持った裁判なのです」

そう言われて、ひょろり君は、この事件を取材している新聞記者から、「普段は人権擁護とか環境保護の活動に熱心な先生が、どうして今回はパチンコ屋の味方なんかするのですか？」とあからさまに聞かれたことがあったのを思い出した。

ひょろり君はその時、その記者に「職業に貴賎はありません。法律で認められた営業をまっとうにやることを違法に妨害されて被害を被っている以上、司法が救済するのは当然ではないですか。それに医者の免許をパチンコ出店妨害に悪用するなんて、医者の風上にもおけません」と答えた。ひょろり君の答えに気色ばんだ様子があったのは、ある面、痛いところを突かれたという思いがあったのかもしれなかった。

「先生、よくわかりました。これで、なんだかいけそうな気がしてきました」

ひょろり君は、再び何ごともなかったように老眼鏡をかけて記録に没入する源弁護士を見て、源弁護士の偉大さとそれに比して自分の未熟さをしみじみと感じるのだった。

巻き返し

判決書を前に腕を組んだまま沈痛な面持ちで黙りこくっていた太田が、目を上げて自問するかのように小声で話した。

「先生、控訴して勝てますやろか？」

ひょろり君は、しばらく黙っていたが、太田の目を見据えて言った。

「太田さん、この判決理由は形式的に最高裁判所の判例に従っているだけです。判決が認めている事実を前提にすれば、診療所の実体がないという判断も十分に可能なんです。しかし勝てなかった。壁を越えられなかったのは、入院の実態を明らかにできなかったことと、本来、入院施設としては何がなければいけないのかということがはっきりと示せなかったことにあると思います」

「ほな、どうしたら……？」

「やはり、例の偽患者からなんとか話が聞けないですかね。前にはどうせ駄目だろうとあきらめていましたが、駄目もとで当たってみませんか？　それと、高名な医師に証言してもらい、本来、入院施設とはどういうものでなければならないかということを証言してもらいましょう。それができれば、この判決はひっくり返りますよ」

「そうですか……。ひっくり返りますか……」

「そう思いますよ。裁判官だって偽患者を入れるような診療所を法律が保護する診療所なんて思いませんよ」

「わかりました。なんとか偽患者に接触してみますわ」ようやく太田は元気を取り戻したようであった。

絶対的な証拠の入手

それからひょろり君は、源弁護士から紹介された片岡医師に面談し、意見書を作成することを了解してもらった。

予想どおり、片岡医師はすばらしい医師であり、約1時間の面談の中で、専門家の良心とは何か、見識とは何かということを片岡医師と同席する空気を通じて体感するような感覚にとらわれた。

記録の一部を見ながら、この診療所では物的設備としても、人的態勢としても入院なんてもってのほかであること、偽患者には入院の必要は皆無であったこと、実際に入院中には医療措置と呼べるような処置はされていないことを断言してくれた。

そして、約1カ月ほどで意見書を作成するという約束を得て、ひょろり君は体中に力がみなぎる思いがした。片岡医師に抱きつきたい衝動にかられながら最敬礼をして、病院を後にした。

さらにそれから2週間ほどして、太田が予約なしにひょろり君の事務所を訪れた。太田は、ひょろり君の顔を見るなり、偽患者2人と連絡がとれて話が聞けると言った。

「どうやって連絡がとれたんですか？」まさかという思いで、ひょろり君は尋ねた。

「先生、蛇の道はへびでっせ」太田はにやにやして詳しくは話そうとしなかった。

「まさか金をやったんじゃないでしょうね？」

「先生、そんなことはしいしません。安心してください。ただし、偽患者も案外と悪人と違うて、悪いことに加担しているとは知らんと、日当がもらえるからということで旅行気分で入院したというわけです」

「日当だって?!」ひょろり君は驚いて叫んだ。

「そうです。1日1万円やそうです。それで、あとになって、自分達が悪いことに利用されていると知って頭に来たというわけですわ」

ひょろり君は、本当にそんなきれいな話だろうかという疑問が心にひっかかってはいたが、偽患者の協力が得られるというので、すぐに日時を決めて事務所に来てもらうことにした。

ひょろり君の前に座った2人は、年齢は50代後半のようであるが、顔色は黒く、痩せていて、およそ健康的な生活を送ってこなかったのだろうと思われた。1人は、ひょろり君の前で、背を丸め、タバコを吸っていた。

ひょろり君の心の片隅には、２人を信用して大丈夫かなという不安がよぎったが、話をしてみると意外に穏やかな話しぶりである。協力する動機は太田から聞いていたようなことであった。話は肝心の箇所に差しかかった。

「入院したのはなぜですか？」

「水島とは風呂屋で知り合うたんやけど、新しく開く診療所の実績作りのために入院してほしいと頼まれたんや」

「どこか悪かったのですか？」

「いいや。どこも悪うない」

「ただ、ほれ、あんたは血圧が高いのと糖尿があるやんか、わしは肝臓がちっと悪いしな」ともう1人の男性が訂正した。

「それは医者の治療が必要だったのですか？」

「いや、そんなことはない。医者から薬はもろてたし、入院なんて、そんなん全然や」

「それで、入院したら日当を出すと言われたのですか？」

「そうや。1日1万円や。それに、食事代は別に出とったわいな」

「そうや、そうや」もう1人が頷く。

「入院中は、どのような治療を受けていたのですか？」

「治療なんて何も。栄養剤の入った点滴だけ。あとは好き勝手にしといてくれということやった」

「入院中の食事はどうされていました？」

「全部、外食やね」

「夜の診察が終わった後は、誰か看護師か医者が残るのですか？」

「誰もいいひん。俺らだけや。それに、わしらは夜も外食やし、出歩くのも自由やったから。あっ、銭湯に行ってたしな。そやから、わしらが診療所の鍵を預かってたわな。そやから、夜はわしらが戸締りしてた」

ひょろり君は話の内容には唖然としたが、その重要性に胸がどきどきしてきた。

「では、例えば夜に体調が悪くなったらどうするとかいう指示もなかったのですか？」

「体調なんか悪うなるわけないし、何の話もあらへんかった」

「入院中に、なんで日当出してまで入院なんかさせるのかって不審に思われなかったですか？」

「そうやな。だんだんにわしらも心配になった。そしたら、入院してから6日目くらいやったかな、看護師が、わしらに、2人ともパチンコ店ができないように頑張ってくださいねってゆうてな。わしらびっくりしてもうて。なんや、そんなために入院させてたんかと思たわな。そやけど、まあそんなためなら、別にかまへんしね」

「その看護師の名前は覚えていますか？」

「確か、金田とかゆうたかな」

「金田ですか……。で、当初の予定どおり最後まで入院されたのですね？」

「そうや」

「その後で幽霊診療所に損害賠償を支払うように命じた判決が出たという記事をご覧になったのですか？」

「うん。新聞に大きく出てたしな。そんな悪いことに協力させられたんかってわかってな。ほんでどうしよと思てたとこに、この太田さんから電話が入ったんや」

ひょろり君は、2人の話をテープに録音するとともに、陳述書にまとめて署名・押印をしてもらった。

今や、ひょろり君には、強力な武器が手に入った。そして、ひょろり君はもう一つの手を狙っていた。それは、損害賠償判決の仮執行宣言に基づいて、診療所の土地、建物に対して競売を申し立て、開始決定が出て、競売手続が進行していることだった。万一、行政訴訟の控訴審判決が負けても、こちらが競売で診療所を競落してしまえば、診療所を閉鎖させることができるので、その段階で許可申請をするということが可能だった。あと2カ月もすれば、入札期日が決まり、入札が始まるであろう。そうなればこっちのものだということも、最悪の場合に備えて考えていた。

また、太田が、パチンコ店出店妨害行為について偽計業務妨害罪で刑事告訴をしていたが、これが進展すれば妨害がやむことも考えられた。しかし、これまでのところ、太田からは捜査が進んでいるという報告は入ってきていなかった。放火の件は難しいだろうが、偽計業務妨害罪については、民事訴訟で妨害が認定されているのだから、いずれは捜査が進むだろうと思われた。

控訴審の開始

それから2カ月後、控訴審の審理が始まった。ひょろり君は、片岡医師の意見書と偽患者の陳述書を証拠として申請し、同時に偽患者を証人申請した。公安委員会側の弁護士は証人採用は不必要であると述べたが、裁判所は、偽患者の証人申請を採用した。次回期日に2人の証言を聞くことになった。

そして、第2回口頭弁論期日が開かれ、法廷には偽患者2名が着席していた。ひょろり君は、偽患者が法廷ではこれまでの話をひっくり返す証言をするのではないかと気が気でなかった。その時には打ち合わせの時にとっていた録音テープを証拠として申請できるようにと準備しておいた。

しかし、ひょろり君の心配は杞憂であった。偽患者は淡々と事実を語り、公安委員会側の弁護士はたいした反対尋問もしなかった。

次回期日は、偽患者の証言や片岡医師の意見を踏まえて、双方がまとめの準備書面を提出するということで3カ月後の日が期日に指定された。

その最終期日を待たずに、いよいよ診療所の競売事件の入札が始まった。裁判所の評価では1080万円であり、それが最低売却価格となった。太田は、ひょろり君と相談して高めの5000万円で入札することにした。いくら高く入札しても、太田は債権者であるため、全額自分に戻って来るので、かまわないのであった。入札をし、保証金２１６万円を納めた太田は、にこにこしながら事務所に入って来た。事務員の優子さんに「これ、お茶にどうぞ」と言いながらケーキを渡していた。

「上機嫌ですね」ひょろり君が太田に言うと、「先生、もうこれで診療所はこっちのもんやし、行政訴訟の判決がどうなっても大丈夫ちゃいますか」と不謹慎なことを言った。

「なんだ、せっかく今、最終準備書面を力入れて書いているのに、やめようかなあ」とひょろり君も冗談めかして応えた。

２人とも、もうこれでしんどい戦いも終わりだという安堵感に浸っていた。

予期せぬ入札妨害

ところが、数日後の開札の結果を見て、２人とも驚愕した。なんと最高買受け申出人は太田ではなかったのである。太田は第2位であった。第1位は、なんと金5億円で入札していたのである。入札者は、下山という人物で、まったく心あたりがなかった。

「先生、下山っていうやつは、何を考えてるんやろね。こんな1０００万円しか価値がない診療所に5億円も払うて」

「太田さん、下山は代金を納めませんよ」

「えっ、代金を納めへん？　そやったら、私んとこが第1順位になるんと違いますか？」

「いいえ、違うんです。その場合は下山は保証金２１６万円が没収されるだけで、また入札をやり直すんです。もちろん次回には下山は参加できませんがね」

「入札をやり直すんでっか？　そしたら、こんな手を使われたらいつまでも競売が終わらしまへんがな」

「それが、相手の狙いですよ」

「えっ……そんなことが許されるんでっか？」

「相手は相当に悪賢い人間ですよ。しかし、とにかく次回にどう出るか見守るしかないですね」

そして、ひょろり君の予想どおり、下山は代金を納付せず、入札は流れ、再度、入札が行われた。第2回目も別人が4億円で入札していた。そこで、太田は入札に参加した2人を競売妨害罪で刑事告訴した。

控訴審判決

そうこうしているうちに、行政訴訟の控訴審の審理も終わり、いよいよ判決が言い渡されることになった。今度ばかりは、ひょろり君は太田と法廷で判決を聞くことにした。もう後がなかった。裁判官3人が入廷してくる。全員起立する。裁判官の着席に合わせてひょろり君たちも着席する。

「ただいまからパチンコ営業不許可処分取消請求控訴事件の判決を言い渡します。主文……」

ひょろり君は祈るような気持ちで待った。一瞬、意識が遠のくような錯覚にとらわれた。

「原判決を取り消す。被控訴人の本件パチンコ営業不許可処分を取り消す。訴訟費用は一、二審を通じてこれをすべて被控訴人の負担とする。理由の朗読は省略します」

やった。逆転勝訴だ。ひょろり君は傍聴席から立ち上がり、思わず裁判官に向かって「ありがとうございます」と言った。心なしか、裁判長が微笑んだように見えた。

その夜は、ひょろり君は太田と話しては飲み、飲んでは話した。それまでの苦労を何回繰り返し話しても飽きなかった。

公安委員会は、控訴審判決を不服として最高裁判所に上告受理申し立てを行った。

厚い壁

それからしばらくして、ひょろり君に検事から電話が入った。

太田の告訴事件はすべて同じ検事が担当したようである。詳しい事情が聞きたいということであった。これで捜査が進むと喜び勇んで検察庁に出向いたが、検事から出た言葉は意外なものであった。

「誰が黒幕かわからなければ、事件として立件できない」と検事は冷たく言い放った。

しかし、金の流れも含めて、ひょろり君も安田につながる痕跡がないか、徹底的に調べたがわからなかった。それを調べるのが警察や検察ではないかと言ったが、検事の態度は変わらなかった。

事務所に帰ったひょろり君は、どうしたらよいかわからなかった。パチンコ店の営業許可は間違いなくとれるであろう。しかし、いくら営業はできたとしても、放火や競売妨害などこれだけの悪事を働いた人間を放置することはひょろり君の正義感が許さなかった。でも、どうやって黒幕を証明できるんだ。

結局、何の名案も浮かばないまま、数日が過ぎた。季節は深まり、京都御苑の銀杏が黄色い葉を芝生に敷きつめていた。それが遠くから見ると、銀杏の黄色が地面に反射しているように見えるのだった。

ある日、突然に検察庁から不起訴通知が届いた。結局、検察官の言ったとおり、起訴がされなかった。しかし、黒幕がわからなくても実行犯の起訴はできるはずだ。憤然とひょろり君は検察審査会に裁決の申し立てをした。

これは、犯罪の被害者が検察官が不起訴とした結論に不服がある時には、市民11人によって構成される検察審査会に審査の申し立てをすることができ、もし審査会が記録を検討して起訴すべきであったと判断した時には、起訴すべきであるということを議決することができるという制度である。戦後、司法を民主化するという理念に基づき、アメリカの大陪審制度に倣って導入されたものである。

裁決の結果は不起訴不相当であった。つまり、健全な市民の常識は、ひょろり君に味方したのだ。そこで、検察官は、この議決を尊重して、再度、捜査して処分が検討し直されることになった。しかし、このままでは再び不起訴となるおそれもある。なんとかしないと。どうする、ひょろり君。

思いがけない「花の木」での話

ひょろり君は、しばらく幽霊診療所問題に忙殺されていたので、飲みに出るということがなかった。今日は、久しぶりに行きつけの祇園の料理屋でおでんを食べてから「花の木」に立ち寄った。店内は満席に近い客で賑やかだったが、1時間もするとほとんどの客が河岸を変えるのだろう、店を出て行った。店にはひょろり君だけが残された。片づけものを終えたママにひょろり君は話しかけた。

「一気に静かになったね」

「そやねえ、これでゆっくりお話できますね。あっ、そやそや。この間、いつやったか、ひょろり君のことテレビで見ましたえ。幽霊診療所による妨害に対してパチンコ店の営業がなんとかかって。あいかわらず頑張っているんやね」

「ああ見たの、うん。そうなんだ。大変だったんだよ。一段落したからこうして飲みに出られるんだけどね」

「それでね、実は大変なことがあってんよ。そのテレビを見てから何日かしてからね、初めてのお客さんが来はってね、確か４人くらいやったかなあ。そのお客さんらが話しているなかに、ひょろり君の名前が出て、その診療所とかパチコン屋さんがどうのこうのっていう話をしたはりましたわ。どうも話の内容からすると、診療所をやったはる人らしいわ」

「ええっ、それ本当？」ひょろり君はあまりの偶然に目をまるくした。「そのお客さんの名前は？」

「ひょろり君ね、祇園のお店では他のお客さんのことは一切他言無用ということになっているのえ」

「えーっ、水臭いな。それにそいつら悪人だよ。そいつらに義理立てする必要なんかないよ」

「良い人やとか悪い人やとかいうのではないねん。それにずっと側で聞いていたわけと違うし。困ったわね。なんとかひょろり君の助けになることはしたいんやけど……。そうや。じゃ、こうしましょ。今度、予約でその人らが来る日が前もってわかったら、ひょろり君に連絡するわね。よかったらお店に来て。何か聞けるかもしれへんでしょ。それでいい？」

「そうか、どんな話だったのか、まだはっきりしないのなら仕方ないか。ただ、僕では顔がわかっちゃうから、別の人間を寄越すね」

そう言いながらも、ひょろり君ははっと気がついた。もし、うまく会話を録音できたとしても、それを証拠にするということでは、ママが協力したことが相手方にわかってしまう。そうしたら、どんな仕返しがこの店に来るかわからない。

「やっぱり駄目だ。そんなことをしたら店に迷惑がかかるよ」

「そうなん。それは困ったわね。私が協力したってわからへんようにできひんの？」

「難しいね。それを検事が証拠にしないで済めば、相手方にはテープのことはわからないけどね。もちろんテープだけで起訴されることはないから、結局はテープは表には出さずに済むとは思うけど、絶対とは言い切れないよ。とにかく、放火するような連中だからね。用心したほうがいいよ」

ママはしばらく黙って考えていたが、意を決したように「大丈夫やわ。悪いやつは私も許せへんもん。ひょろり君には大事なことなんでしょ？　その代わり、何かあったら頼みますえ」と笑顔で言った。

ひょろり君は、ママの人柄が男っぽいとは思っていたが、あらためて見直すとともに、そうまで言ってくれる気持ちがうれしかった。

「よし、わかったよ。テープは相手方には知られないように利用するように、くれぐれも検事に言うよ。本当にありがとう」

ひょろり君は、祇園で長年、気持ちよい水商売を続けて来たママの矜持に触れた思いがして、閉店まで飲み続けた。

勝利の美酒

それから2週間ほど経った頃、夕方、事務所に「花の木」のママから電話が入った。

「例のお客さんが今日4人で来るという連絡が入りました」

「あっ、そう。うん、わかった。ありがとう。そしたら、僕の代わりに近藤という人間が行くので、隣の席に座らせてくれる？」ひょろり君は、元警察官で、今は探偵業をしている人間で、最も信頼のできる近藤にその件を頼んでおいた。

「はい。わかりました。そしたら、近藤さんに隣のお席に座ってもらいますね」

「ママ、ありがとう」

その夜、午後11時30分、事務所で近藤からの連絡を待って待機していたひょろり君に、近藤から電話が入った。うまくいったから、これから事務所に来ると言うのである。それから10分後に近藤は来た。部屋に入るなり、立ったまま、ひょろり君の前に電子レコーダーを出した。

「これを聞いてください」と言ってスイッチを押した。

雑音や人の話し声が聞こえて来たが、そのなかに、注意して聞くと、太い男の声が聞こえて来た。

「最高裁判所で判決がひっくり返りますかいな？」

「どうやろな」

「そやけど、あの競売で入札を流すのに、あんなうまい手があったなんて知りまへんでしたな」

「うちの顧問弁護士の入れ知恵や。こんな時のために顧問料払うとるんやないか」

「さて、これからどないします？」

「近所に他の物件借りて、別の診療所をやらせるわ」

「なるほど、そしたらまた不許可になるということですな」

「そうや、今度は、もうちょっと設備もちゃんとせんとな」

「さすが、スッポンの安田さんや。あの手この手でとことんいきますな」

「そうや」

スッポンの安田？　そうだ、あの安田だ。これで黒幕につながったぞ。

それから2人は、その後もテープの内容をすべて聞き、それを朝までかかって文書に反訳した。

ひょろり君は、それを翌日検察官に提出した。くれぐれも相手方にはテープをとったことは知られないようにしてほしいと念を押した。内容を聞いた検事は、顔色を変え、これで逮捕と立件までいけると力強く言った。そして、そういう事情ならテープは絶対に利用しないと約束してくれた。

その後、事件は急展開を見せ、安田、水島、下山らは逮捕され、起訴された。

起訴の知らせを受けて、ひょろり君は一番に「花の木」に行った。ママにそのことを報告すると、うれしそうに言った。

「よかったわ。ひょろり君が頑張らはったからやね」

「あのテープのおかげだよ。本当にありがとう」

「そしたら、お祝いに高いワイン開けましょか。なんて嘘え。ひょろり君はそんなこと嫌いやしね」

「いいよ。依頼者の太田さんに話したら、今日ぜひ一緒に来たかったけど、どうしても別の用事で来れないから、代わりに一番高いワインを飲んでもらったらいいって言ってたよ」

「そやの。いやーうれしい。そしたら、オーパスワンでいいやろか？」うれしそうにワインを用意している。

そんな姿を見ながら、ひょろり君は、難しい事件が解決したことの喜びが胸の底から湧き上がるのを感じていた。

第9話　山の境界を探せ

急ぐ依頼者

以前、あやうく訴訟詐欺まがいの事件で被害を受けそうになったことのある城陽土地株式会社の社長が、相談に来たいとひょろり君に電話をかけてきた。

「では3日後の午後2時はどうですか?」と言うと、「今日これから相談に行きたい。早くしないと大変なことになる」と言う。

そういう相談者に限って全然急ぐ必要のない紛争であることがほとんどだということは、最近ひょろり君にもわかってきた。しかも、今日は明後日までに裁判所に提出しないといけない準備書面を仕上げるために時間を空けておきたい。どうしようかなと迷う気持ちが声に表れたのを察知したのか社長は、「急がないと時効でえらいことになるんですわ」と畳みかけてきた。

時効と言われたら1日の遅れが決め手になることもある。仕方なしにひょろり君は、今日の4時に相談に来てもらうことにした。

ひょろり君は、あいかわらずしたたかな社長だなと苦笑しながら受話器を置いた後で、前に解決した事件のことを思い出していた。

それは、ひょろり君が弁護士になって2年目に処理した事件だった。城陽土地の所有していた土地を有限会社永田建設というところが購入したいという申し出をしてきたので、売買条件の協議に入った。交渉はだいぶ煮詰まったものの、その後、どうも永田建設の社長がほうぼうでトラブルを起こしているらしいという情報を得たので、結局、契約をすることは断った。

その話はそれで終わったと思っていたのだが、それから1カ月ほどして、突然、裁判所から城陽土地に処分禁止の仮処分命令が送達されてきた。永田建設が申請者だった。処分禁止の仮処分とは、物をめぐる係争がある場合に、訴訟の判決があるまで、係争物の所有者にその物を譲渡したり、担保権を設定したり、賃借権を設定するなどの処分をすることを暫定的に禁止する裁判所の命令である。送られてきた命令書にも、城陽土地は、件の土地を他に譲渡するなどの処分をしてはならないということが書いてあった。

その時も社長は大変なことになったと言って事務所に飛び込んできた。開口一番、「裁判所ってこっちの言うことも聞かんと、こんな命令を出すんですか」と不満をぶつけた。

ひょろり君は、このような処分禁止の仮処分の場合には、密行性といって、申請した側の言い分だけを聞いて、相手側には内緒で命令を出すのですよと説明した。

「そやけど、うちの会社がなんでこんな命令を出されなあかんのですか」

「永田建設の言い分は、この土地について何かの権利を持っているということを前提にしているはずですが。……例えば売買契約とかしてませんか？」

「いいえ、契約の交渉はしてましたが、契約する前に断りましたから」

「そうですか。変ですねえ」

「どないしたらいいでしょう？」

「とにかく、仮処分の理由を知る必要がありますから、申請書と資料一式を謄写しましょう。それで永田建設側の言い分がわかるはずですから」

「それだけですか……」

「そのうえで、仮処分異議といって、仮処分が間違いだから取り消すようにという申し立てを裁判所にしましょう。いずれにしても永田建設側の言い分を確認するのが先決です」

拍子抜けしたような不満顔で社長は事務所を出て行った。

偽造された売買契約書

数日後、ひょろり君のもとへ謄写記録が届いた。ひょろり君はしばらく記録を見ていたが、一人で唸った。永田建設の主張では、城陽土地とは売買契約をしたにもかかわらず、履行を拒否しているので、仮処分を申請すると書かれており、疎明方法（証拠）として永田建設と城陽土地の売買契約書が提出されていた。

これだから、本人の言うことは鵜呑みにできないんだと思う反面、しかし、あの社長がいい加減なことを言うはずもないしなあと首を傾げた。

ひょろり君は、すぐに城陽土地の社長を呼んで、憮然とする社長に記録を広げて説明をした。

疎明資料の売買契約書を見ながら「こんな売買契約書はうちは作っていません」と社長はきっぱり言い切った。

「この城陽土地の印鑑はどうですか。おたくの会社の印鑑じゃないんですか？」

「……いや、これはうちの会社の印鑑です」

「じゃあどうしておたくの会社の印鑑が押してあるのですか？」

「それは……なんででしょう」

しばらく城陽土地の社長から売買の交渉の経過を聞くうちに、売買契約書のカラクリがぼんやりと見えてきた。売買の条件について交渉している最中に、永田建設のほうから、購入代金を銀行からローンを組んで支払いたいので、とりあえず銀行が融資してくれそうかどうか打診するために、仮の売買契約書を作ってほしいと言って、城陽土地の社長に仮契約書を示してきた。見ると、表題に仮契約書と書かれていて、金額欄は白紙だった。売買契約の場合にはよくあることなので、特に疑いも持たないまま城陽土地の印鑑を押したのだった。

ところが、その後、契約の話が立ち消えになったので、仮契約書はそのままになり、城陽土地の社長もほとんどそのことを忘れていた。あらためて、仮処分の資料として提出されている契約書を見てみるが、コピーなので仮契約書が加工されたものなのかどうかがわからない。

「仮契約書のコピーはとっていなかったんですか？」

「さあ、どうでっしゃろ。探してみませんと……」

ひょろり君はとにかくコピーを探すように言って、社長を見送った。

すぐにひょろり君は仮処分異議の申立書を作成して裁判所に提出した。理由は、売買契約はしていないということにとどめ、契約書が偽造されているということは契約書の原本を確認してから主張することにした。

それから2週間後に、仮処分異議の審尋を行うという連絡が裁判所からあった。

ちょうど、その日の7時頃にひょろり君が夕食にチキンカツランチを食べていると、電話が鳴った。あわてて口の中の物を飲み込んで受話器をとった。

「先生、仮契約書の写しが見つかりました」受話器の向こうで社長の声が弾んでいる。

受話器を置いて皿の残りを平らげた時、ファックスが届いた。すぐに疎明方法の契約書と記名・押印を見比べた。城陽土地の住所と社名の記名と代表者の丸い印鑑の間隔や丸印の角度がほぼ一致する。間違いなく仮契約書が悪用されたのだ。

しかし、仮契約書という表題が契約書となっている。どうなっているのだろう。ひょろり君は、釈然としない気がしたが、とにかく審尋で原本を確認すればわかるだろうと思った。

審尋当日、社長が早めに事務所に来たので、一緒に裁判所に向かった。エレベーターの中で社長が尋ねた。

「先生、審尋って何をするんですか？」

「裁判官が当事者から直接事情を確認するんですよ。今回のような仮処分命令自体は、申請したほうから出された書面だけを見て、特に問題がなければ命令を出すのですが、こちらが争っていますので、双方から直接に事情を聞くわけです」

「そんならこんな仮処分の命令を出す前にこちらの言い分を聞くべきですよ」

「前も説明しましたけど、命令を出す前に相手に知られたら取り返しのつかないことになる場合もあるんですよ。例えば、今回でも社長がこの土地を別の人に売っちゃって登記を移したら、相手は裁判するまでもなく負けちゃって困るでしょ。まあ今回は不当な仮処分ですから怒るのもわかりますけど、本来は必要な制度ではあるのですよ」

社長は頷きながら「で、先生、いつ頃決着しますかね？」

「まあ、そんなにかかりませんよ」

目指す階に着いて、書記官で出頭したことを伝えると、書記官は「３０８号室です」と答えた。３０８号室にはすでに永田建設側の弁護士が来ていた。老齢の背の低い弁護士であった。こちらを一瞥しただけで、挨拶をしようともしない。

ひょろり君は「なんか感じ悪いなあ」と思ったが、社長は閻魔大王のような顔で老弁護士をにらみつけている。

気まずい沈黙のなか、裁判官が入室してきた。裁判官は着席して記録をめくりながら、「異議申立人は、そもそも売買契約をしていないということでしたね？」と言いながら、ひょろり君の顔を見た。

「はい、そうです。そこで、疎明方法として提出されている売買契約書の原本をぜひ拝見したいのです」

そう言った時、老弁護士の表情にさっと影が走った気がした。

「債権者は原本をお持ちですね？」

「はい。これがそうです」そう言って書類を袋から取り出した。

署名欄を裁判官が確認してから、ひょろり君に手渡した。それを見たひょろり君は唖然とした。確かに記名印の隣に朱色の捺印がある。しかも契約書の表題の隣には印紙が貼ってある。表題は「仮」という文字はなく、「不動産売買契約書」となっている。

「これは……。銀行提出用の仮契約書ではなかったのか？」ひょろり君は心の中で唸った。社長の顔を見たが、社長も無言のまま見つめている。

「ちょっといいですか」ひょろり君は契約書の原本を手にとった。もしかしたら、契約書1枚目だけが外されて、仮という文字を隠してコピーされたのではないか？　ひょろり君は契約書の綴目を開くようにして見た。すると、ホッチキスが外された跡がある。

「やっぱり、1枚目を外してコピーしたんだ」

ひょろり君のそんな思惑を見透かすように老弁護士は、「仮処分の申請のために原本をばらしてコピーをとりましたが、何かご不審でも？」と横目で見ながら言った。

「はい。結構です。わかりました」

ひょろり君は動揺を悟られないように自信ありげに契約書を老弁護士に返した。

「この契約書の印鑑は申立人の印鑑ではないというのですか？」

「いえ」

「そうしたら、どうしてこの契約書が作られたというのですか？」

「それについては、書面で主張します」

結局、２週間以内にひょろり君が契約書に関する主張をするということで次回の審尋期日が定められた。

偽造のカラクリを見破る

ひょろり君は、事務所に帰ると「不動産売買契約書」と「仮不動産売買契約書」のコピーの記名・押印部分を大坪女史に見せて「どう見ても同一だよね」と言った。

「絶対にこの仮不動産売買契約書が悪用されたんだよね。そのぐらいは裁判官はわかるよね」

ところが大坪女史は、ピンク色の腕カバーのまま、しばらくじっとその２つの書類を見ながら「そうですけど、そんな曖昧なことで裁判官は一度出した仮処分を取り消してくれるんでしょうか。源先生はいつも、１２０パーセント証拠を出したつもりでやっと60パーセント証明できたと考えなくてはいけないと言われていますよ」と言い返した。

「なんか可愛くないな」ひょろり君はムスッとしながらも、真理だと認めないわけにはいかなかった。

「ちょっといいですか。あっ、先生はご自分の仕事をしてください」そう言って、大坪女史は２つの書類を自分のデスクに持って行った。

しばらくすると、大坪女史が「どうでしょうか」といって透明なアクリル用紙２枚を見せた。そこには城陽土地株式会社の記名・押印が印刷されていた。

「これは？」

「先ほどお借りした契約書をコピーしました。これを見てください。この2枚を重ね合わせると完全に一致しています」

「本当だ。全然ずれていない」

「仮にこの2つの契約書が違うものだとしても、同じ印鑑を使用したなら似ているのは当然です。でも同じ記名ゴム印と代表者印を押したとしても、普通は記名ゴム印が傾くとか、代表者印との位置が少し離れるとか、少しは違うのが当たり前です。2つが完全に一致するということはありえません」

「そうだ。確かに漠然と似ていると感じても、こうして完全に重なりあったところを目の当たりにすると、2つの契約書は同じものであるということがはっきりする」

ひょろり君は大坪女史に大いに感謝した。しかし、せっかくひょろり君が褒めても、さも当然という感じで席に戻ったところをみて、再び「可愛くないなあ」と呟いた。

その夜、ひょろり君は「120パーセントか……」と独り言を言いながら、契約書の写しをにらみ続けた。

ひょろり君は約束どおり2週間後に裁判所に売買契約書が偽造された方法を説明する書面と大坪女史が作ってくれた透明アクリル紙を提出した。

そして、審尋期日に再度、売買契約書の原本の確認を求めた。そして、ホッチキスの綴じ目を確認した。

各綴じ目を広げながら、ひょろり君は満足げに頷いた。

老弁護士が「だから、ホッチキスが外れている理由は……」と言いかけた時、ひょろり君は「いえ、違うんです。確認しているのは契印なんです」と言いながら契約書を裁判官に見せた。審尋室の誰もがひょろり君の次の言葉を待った。

「城陽土地株式会社の主張は、もともと銀行提出用に作られた仮契約書の1枚目がコピーされて、表題の仮という文字が消されたというものです」

裁判官は軽く頷いた。

「そして、これは、こちらが疎明方法として提出している仮契約書の写しです。これにはすべての頁に契印が押してあります。ところで、この売買契約書にも契印はあります。この契印は綴じ目に押されているので。こうして広げないと見えません。そして2枚目と3枚目の間の契印は、両者を比べるとまったく一致します。ところが、売買契約書のほうは1枚目と2枚目の契印を見ると、2枚目に契印の半分は押されているのに、1枚目には契印が押されていません。これは何を意味するのでしょうか？」

ひょろり君が示した綴じ目は、2枚目のほうには半月型の印鑑の跡あるが、1枚目のほうには、当然押されているはずの片方の半分の印影がなかった。裁判官が身を乗り出して覗き込んだ。老弁護士は、呆然と眺めている。

「つまり、これは、仮契約書の1枚目を外して表題の仮という文字を隠してコピーしたものを綴じ直したのですが、契印が片一方は現物で他方がコピーというのでは目立ちすぎるので、1枚目の契印も隠してコピーしたんだと思います」

「なるほど」裁判官は大きく頷いた。そして永田建設の代理人のほうを見て「何かありますか？」と発言を促した。

代理人は「いや、特に」と言って苦々しげに自分の依頼者をにらんだ。

1週間後、仮処分を取り消す決定が出された。これに対しては、抗告を申し立てられることもなく確定した。

そしてひょろり君は、城陽土地の社長の強い要望で、不当な仮処分のために損害を被ったとして損害賠償の訴訟を起こした。仮処分のためにその土地が売れなくて金利負担を被ったという損害と弁護士費用の支払いを認めてもらい、それを仮処分の保証金から全額回収できた。

ひょろり君は城陽土地の社長から「あんた、若いのにようやらはりますな」と言って褒めてもらった。内心、社長は契約書が疎明方法として提出された時は、ひょっとしてと不安になったようだったから、契約書偽造のカラクリを見事に暴いたときには内心拍手喝采したのだった。

山の侵害

城陽土地の社長は、ひょろり君が相談室に入るなり、椅子から立ち上がりかけながら「先生、えらいことになりました」と血相を変えている。いつもは温厚な田舎の親父風なのに、今日はずいぶんと怒っているようだ。

「先生、この写真を見てください」と言って数枚の写真を机の上に並べて見せた。写真には山が尾根まで削られて土の斜面がむき出しになっている姿が写っていた。

「この山は私の山なんですが、隣の持ち主が勝手に私の土地を削ってしまい、こんなふうにしてしもたんです」

「で、隣の土地の持ち主とは？」

「隣は石田産業という生コン会社が持ってるんです」

「どうして山を削るのですか？」

「山の土を削って洗って骨材として売るんですよ」

「ここの土は骨材としていいんですか？」

「先生は知りませんか？　城陽の山砂利は有名なんですよ」

「そうですか……。それで、どんなふうに削られたんですか？」

「勝手に砂利を採るのに、どんどん自分のところを削っているうちに、私の土地まで削り出したんです。すぐに石田産業にはやめてくれとゆうて、立ち会って境界をここだと認めて、そこに杭を打ったのに、少ししたらまた削り出して、こんなになってしもたんです」

こんなになってしまったといわれても、写真ではまったくわからない。

「境界ははっきりしているのですか？」

「それはね。このあたりは山ですから、背か谷が境界になっているんです」

「背って尾根のことですか？」

「ええ」

「そしたら、この写真に尾根が写っているみたいだから、境界は超えていないのではないですか？」

ひょろり君の示した写真には、削られた山の斜面のてっぺんがちょうど山の尾根のようになっていた。

「いやいや、先生、これは、もっと向こうに尾根があったのに、どんどん削られて土が落ちていくから、この部分が尾根みたいに見えますけど、これは尾根やのうて、もともとは私とこの山の斜面やったんです」

「そうすると、尾根は今は残っていないのですか？」

「はい」

「そうしたら、今から境界はここだとどうやって言えるのですか？」

「前に杭を打っていますし……」

「その杭はどれですか？」

「いや、石田産業がとってしまいました」

うーんと言ってひょろり君は黙り込んでしまった。

「で、時効と言っていたのは？」

「いや、もう10年よりもっと前から掘っているので、10年で時効と聞きましたんで」

「そんなに前から……」

なんで今まで放っておいたんだ、と思いながら、「まあ、とにかく一度現地に行きましょう」と言った。

城陽の山砂利採掘

城陽土地の社長の相談は、城陽ならではのトラブルだった。城陽では山砂利が採れるので、山のいたるところでショベルカーとダンプカーが入って大規模な砂利採取が行われている。城陽土地の隣の地主である石田産業も、この砂利を採るために初めは自分の山を掘っていたのに、次第に城陽土地の山まで侵害したのである。

そして、当時はお互いの山の境界である尾根が部分的に残っていたので、これを参考にして境界を復元するための杭を打って、以後は越境しないと約束したのにもかかわらず、その後にさらに山を削ってきたというのである。

その削った量も莫大なものらしい。ただ山の斜面を削るというだけでなく、地面の深く底まで巨大な穴を掘ったというのである。

山砂利は採取した後に水で洗ってヘドロのようなものが出るのであるが、ヘドロに産業廃棄物までこの穴に埋めて上から隠すように土をかけている。ここまでいくとかなり意図的で悪質な窃盗行為になってくる。

損害額も、社長の話からすれば、数千万円は下らないという。しかし、問題はどうやってすでになくなっている山の尾根を現在はここだと証明するかである。

ひょろり君が城陽土地から受け取った書類は、山の登記簿謄本と公図、それに写真が数枚だけだった。

「これだけでどうやって裁判に持ち込めって言うんだ」

ひょろり君は思案に暮れた。しかし、とにかく、一度は現場を見なければいけないと城陽土地の社長と3日後に現地を訪れる約束をした。

現場に行くために、ひょろり君と社長は砂利採取工事をしている側の反対側の山の斜面を登って行った。普段、人の入らない山のようで、藪のような灌木の中を枝を手で押しのけながら登っていかなければならない。城陽土地の社長はとうに60歳は超えているようであるが、山を歩く足取りは驚くほどしっかりしていた。ひょろり君も山歩きが趣味なのでこういう場所は嫌いではないが、社長の説明が不十分であったので革靴のままで来てしまった。瞬く間に靴がどろどろになり、スーツにはクモの巣や草の種やらがたくさんついた。

「なんで、こういう場所だと教えてくれなかったんだよ」と聞こえない声でぶつぶつ文句を言いながら登っていると、ふいに視界が開けた。

2、3歩進むと、そこは崖になって足元から切れ落ちていた。崖の高さは40メートルはあろうかと思われた。高所恐怖症のひょろり君は下を見るなり、すっと鳥肌が立ち、引き込まれるような錯覚にとらわれ、思わず横の木を握りしめた。この様子を見て社長は、「高いでっしゃろう」と笑みを浮かべている。

「そうですね。これはすごい工事ですね」と言って遠くを見た。すると、向かいの山の奥でも砂利採取の工事中で、ショベルカー等がおもちゃのように小さく見えていた。あたりいったい緑がはぎ取られ、土がむき出しになっている様子が迫力があるとともに痛々しかった。

工事のすさまじさを実感した後で、ひょろり君は、城陽土地の社長の事務所で打ち合わせをした。

事務所の応接間に通されると、表彰状や、木彫りの置物や派手な額がかけられている。しかも、壁には金髪女性のヌード写真が貼ってある。テーブルの上にはお茶のセットが用意されていた。掌に乗るくらいの小さな急須と茶碗だ。急須に玉露を入れて、冷ました湯を入れる。これを茶碗に注いでくれる。

「どうぞ」

口に運ぶと、甘い玉露独特の味わいが、なぜか味の素を思い出させた。しばらく一級のお茶を楽しんでから、ひょろり君は言った。

「すごい工事であることはわかりました」

「そうでっしゃろ」

「境界を示す何か資料になるものはないでしょうか？」

「これはどうですか？」と言って、社長は大きな古ぼけた図面を広げた。そこには、山の崖と杭が専門的な符号で書き込まれていた。

「前に一度、立ち会《お》うて杭を打った時に、測量士さんに頼んで図面をこしらえてもろたことがあって、これがその図面です」作成日は、昭和62年８月３日となっている。

「この時は、確か記憶に基づいて復元したのでしたね？」

「はい」

ひょろり君は、図面の精度が低いことや、そもそも復元の根拠が記憶に過ぎない点が弱いなあと思いながら、少しは役に立つだろうと考えた。

しかし、ひょろり君は、その地図を見た瞬間、嫌な感じがした。そう感じた理由は、作成日が昭和62年となっている点だった。もう20年も前じゃないか。そんな古いことを今から裁判できるだろうか。

そう思う一方で、一度は境界を越境したことを認めたんだから、内容証明郵便を出して、警告と損害賠償請求をすれば石田産業も案外と自分の非を認めて示談ができるかもしれないと楽観的に考えた。

そこで、とにかく境界越境をしているので、直ちに工事を中止して原状に復旧することと、損害賠償金を支払うことを求める内容証明郵便を石田産業宛に送った。

だいたい、物事はすっと解決するのは予想外の場合であり、簡単に解決してほしいと願う時に、簡単に解決するということはないものである。

航空写真

案の定、石田産業は弁護士を代理人に立てて、全面的に争うとの回答書を出してきた。

「そう、うまくはいかないか」ひょろり君は落胆しながらも、どうするか考えた。そして、問題点を書き出してみた。

1．現況を反映した図面。対象地が広大すぎて、どうやって作るか。
2．境界の位置を特定、根拠は何か。
3．損害額の算定、盗られた土砂の量をどうやって算定するか。単価は？
4．消滅時効が問題、3年間で消滅。

1は、しっかりした測量士なら現況図面は書けるだろうな。まあこれはなんとかなるか。問題は境界の位置をどうやって決めるかだな。ウーン……。

ひょろり君はしばらくメモを見ながら黙考した。とりあえず現況図を測量士に書いてもらおう。

夜、ひょろり君は、自宅のソファにごろんと横になりながら、今週末に登ろうと思っている山の地図を見ていた。地図を見ながら、渓流のせせらぎ、坂の険しさや山頂からの眺望を思い浮かべていた。ひょろり君は、深い自然の中を歩くことがなにより好きだった。こうしてしばらく地図を見ていたひょろり君は、「あっ、そうか」と声を上げて起き上がった。手にしている地図には等高線が書かれている。等高線は山の尾根や谷などの地形を表している。今は削られていて形は変わっていても、昔の地図を探せば地形が復元できるじゃないか。

それに確か地図を作るのは航空写真をもとに作るって聞いたことがあるぞ。もしかしたら、昔の航空写真が見つかれば削られている様子も写っているかも。

そうなると、次から次へとアイディアが湧いてくる。その夜、ひょろり君は雲をつかむような茫漠とした事件を解決に導く道が目の前に突然姿を現したのを感じた。

翌日、測量士に頼んで国土地理院の作成した現地の地図で、古い時代のものを探すように指示した。

ところが、ひょろり君は、どこからどうすれば航空写真を手に入れることができるかわからなかった。

途方に暮れていたところに、優子さんがお茶と饅頭を盆にのせて持ってきた。

「はい。御鎌餅です。おいしいですよ。……あれ、先生、何か浮かない様子ですね」

「ん、わかる？　ところで優子さん。航空写真って知ってる？」

「航空写真ですか？」

「うん、飛行機で高い空から地形を撮影するんだよね。結構建物とかはっきり写るんだよ」

「衛星写真とかと同じですか？」

「いや。そこまですごいやつじゃないよ。飛行機から撮るんだ」

「その航空写真の何が知りたいんですか？」

「今度の事件に必要なんだけど、それがどうしたら手に入るかが知りたいんだよ」

「じゃ、私、調べてみます」

「いや、別に、僕が……」と言いかけるのも聞かずに、優子さんはお盆を片手に席に戻り、パソコンに向かった。

翌日、優子さんが「先生、わかりました」と言って頬を上気させて近寄ってきた。

「航空写真のこと調べました。日本での航空写真は、昭和31年頃までは米軍の撮影したものが多く、白黒だそうです。その後は国土地理院が撮影していて、カラー写真になっているそうです。場所にもよりますけど、だいたい5年ごとに撮影されているそうです」

「なるほど。で、どこに頼んだら手に入るの？」

「実は京都大学の近くにある地図センターに申請すれば取れるそうです」

「へえ、そうか。じゃあね、この地図の場所なんだけど、昭和62年より前に撮影した写真と、あとはその後に撮影されたやつ全部ほしいんだけど、取り寄せてくれる？」

「はい。わかりました」

「優子さん、これが手に入るかどうかで裁判の決着に影響するからね。頼むよ」

「はい。まかせてください」優子さんは目を大きく見開いて答えた。

それから2週間ほどして、航空写真が届いた。

最初の写真は昭和59年に撮影されたものだった。黒く木々の密集した山の尾根や谷の間を道路が曲がりくねって白く写っている。黒々した木々の山の一部が白く写っている箇所がある。その西隣が城陽土地の山である。この白い色は掘削して土があらわになった部分だった。この時にはまだ城陽土地の山までは掘られておらず、尾根は残っている。

次の写真を見ると昭和64年に撮影されたものだった。この写真では城陽土地の山の尾根が白くえぐられている。この時にはすでに境界を越境して土砂を採られているようだった。次の写真は白い箇所がもっと広くなっている。

しかも、よく見ると深い穴になっていて、水がたまっている様子や、小さな円形のつぶつぶが見える。どうやらタイヤが写っているようだ。こうしてみると、城陽土地の山が西隣から侵害されてきた様子がはっきりわかる。

境界の復元

しかし、次の問題は裁判資料として地形をどのように復元し、それと境界線をどのように関連づけるかということだった。ひょろり君は、以前、大坪女史に１２０パーセント証明しないといけないと言われたことを思い出していた。いかに裁判官にわかりやすく境界の位置を示せるかが勝負だな。

ひょろり君は取り寄せておいた過去の地形図を机に広げた。それには等高線が書かれていて、地形や高低がわかるので、尾根や谷がわかるようになっている。航空写真と見比べると土砂が採られて地形が変わる様子もわかる。ひょろり君はその隣に公図を広げた。公図と侵害される前の地形図を見比べていると、ひょろり君は「あっ」と声を上げた。地形図の尾根の形と公図の形がそっくりだった。

「そういえば、社長は土地の北半分は尾根が境界で、南半分は谷が境界と言ってたっけ。そうか」

ひょろり君は手を打った。地形図に公図の境界線を載せて、それに昭和62年の古い境界確認図を載せてみて、一致すれば境界は間違いないな。

そんなことを一人でぶつぶつ言いながら作業していたひょろり君は、昔の事件を思い出した。これらの図を透明なフィルムに焼き付けたらどうだろう。優子さんを呼んだ。趣旨を説明すると、優子さんはいつものように真剣な表情で「まかせてください」といってスカートの裾を翻して席に戻っていった。

さてと、問題は採られた土の体積をどう計算するかだな。こんなやつを計算するのが微分積分とかいうやつだったっけな。違うか？　まあ、僕には無理だな。

仕方なくひょろり君は、掘削前の地形図と掘削後の地形図とを並べた。しばらく思案していたが、一定間隔で断面図を作成し、掘削断面積をもとに掘削体積を算出するという無難な方法をとることにした。断面図を書いたり、面積を計算するのは測量士に依頼した。

３日後、優子さんに依頼していた図面ができあがった。見事なできばえだった。今は単なる空間になってしまった昔の尾根に沿う形で境界が甦った。さらに1週間ほどして、測量士からも作図と計算ができたという連絡が入った。測量士に来てもらう日時に社長も呼んだ。社長とともに計算結果を確認する。

「土は掘り出すと量は3割くらいは膨張するんでっせ」社長は計算を見ながら言った。

「へえー。膨張ですか」ひょろり君は感心して頷いた。

「よし、これで掘削した土砂の量が計算できた。あとは、これをダンプ1台いくらが相場かを調べたらいいんだな」

数日後、全損害額を９２００万円と算出できた。

訴状を社長に見せて確認してもらっている時に思い出したように顔を上げて聞いてきた。

「時効はどうするんでっか？」

「継続的不法行為といって、ある行為が続いている限り、全体の不法行為が続いているとみることができる場合には、時効にはならないという理論があるんです。今回の場合にはそれでいけると思います」

いよいよ訴状を優子さんに裁判所に提出してもらった。ひょろり君が優子さんに提出してもらったのは、この事件は優子さんと一緒に準備してきたという思いがあったからだった。裁判所ではひょろり君だけが訴訟活動をして、優子さんは何もできない。だから、訴状を提出するという儀式は優子さんにしてもらいたかった。

「無事に受け付けてもらいました」報告した優子さんは、走ってきたといわんばかりの息遣いだった。

「ご苦労様」

「いいえ」

「あのさ」

「はい」

「いや、今回頑張ってくれたから、おいしいものご馳走させていただこうかなって思って。イタリアンなんかはどう？」

「えっ、いいんですか？　やったー」

はしゃぐ優子さんの背後には大坪女史の背中があった。「私は？」とその背中は明らかに訴えていた。

「まずい」ここで大坪女史を誘わなければ明らかに事務所の空気はまずくなる。

「大坪さんは、どうですか？　急では都合つかないかなあ」ひょろり君は、しらじらしいかなと思いながらも、笑顔を作りながら声をかけた。

おもむろに振り返った大坪女史は笑わない顔で言った。「いいんですか？　お邪魔して」

「いやいやお邪魔だなんて。ねえ優子さん」

「ええ」無邪気に微笑む優子さん。

「じゃあ行こうかしら」

「どうぞ、どうぞ。大坪さんはおでんが好物でしたよね」ひょろり君の中ではイタリアンレストランから一気に居酒屋に変わっていった。

一気に解決へ

裁判が始まったが、準備を完全にしておいたため、一気に進んだ。

石田産業の社長はふてぶてしく「境界は、現地に残った崖の位置である」と証言したが、その根拠を問い詰められて何も答えられなかった。

こうして半年後には境界はひょろり君の主張どおりに、損害賠償については請求額の7割程度を支払ってもらう内容の和解が成立した。ただし、法律的には公法上の線である境界を私人が和解で決めることはできないので、境界について異議を述べないこと、所有権の範囲が境界線の位置であることを認めるという内容の和解条項となった。

喜んだ城陽土地の社長は、ひょろり君ばかりでなく、優子さんにもお礼の品物をくれた。優子さんのは小さな包であったが、ひょろり君へは長い筒状のものだった。

優子さんが開けてみると玉露だった。「まあ、うれしい」優子さんは大喜びだった。城陽のお茶は有名だ。ひょろり君は城陽土地の事務所で飲んだおいしい玉露の味を思い出した。

「先生のは何ですか？」優子さんが興味深げに筒状の包みを見ている。

「何だろうね」と言いながら、包を破った。賞状を入れるような茶色の筒が出てきた。筒の蓋をとるとポスターのようなものが入っている。それを出して広げようとした瞬間、金髪と肌色の姿がちらっと目に入った。

「あっ、まずい」ひょろり君はすぐに筒にしまった。優子さんは、目を丸くして見ている。

「どうしたんですか？」

「いや。何でもないんだ」

「えー見せてくださいよ」

「いや、見ないほうがいい」すると見ていた大坪女史が言った。

「あの社長、外国人の女性のヌードが好きだって前に言っていましたよ」

「エーッ！　ヌードですか。先生いやらしい」優子さんはぷんぷんしてデスクに戻ってしまった。

「そんなあ」

ひょろり君はぼやきながらも、その筒を家に持って帰ろうかなと密かに思うのだった。

第10話　少年事件

円山公園での恒例行事

鴨川の堰堤に並木をなす桜の枝の先のつぼみが大きくなり、ほころびだすと枝全体がほのかに赤みを帯びたように見える。その時期になると、レンギョウの黄色い花や雪柳の白い色が緑色の雑草に被われ始めた土手に華やかな彩りを添える。

源法律事務所では、祇園の円山公園で花見をするのが恒例行事になっている。

八坂神社の西楼門に、東山通りに面して石段の登り口がある。この場所を地元の人は「石段下」と呼ぶ。源法律事務所のメンバー4人は石段下でタクシーを降りた。八坂西楼門に吸い込まれる花見客の波で身動きがとれないほどである。

「おおい、ひょろり君、一升瓶を落とすなよ」と源弁護士が振り返ってひょろり君に注意した。ひょろり君は、花見で飲む大事な濁り酒の入った一升瓶を抱えていた。

「大丈夫です。自分を落としても、これだけは落としません」などと落語のような答えをしている。

人の波をかき分けながら、門を抜け、夜店に挟まれた参道を通り、円山公園に入った。夜空というには早い薄明りが残る空に、ひときわ優美な姿を聳えさせているのが、有名なしだれ桜である。ひょろり君達は、しばらくその下で空を覆うような妖艶な桜のカーテンを見上げて、ため息をついていた。

それからは、全員が手分けして4人が座れる場所を探した。早くから場所取りの人々によって、よい場所はみな押さえられている。それでも、しばらくすると4人程度であれば座れるほどの広さが空いた場所を運よく桜の花の下に見つけることができた。

大坪女子が手早くビニールの敷物を広げて確保する。そのあたりの手早さは、大阪のおばちゃん的な頼りがいを感じる。

よっこらしょと4人が地面に尻を置く。そして持参の料理屋の弁当を各自が広げた。

「2人とも寒くない？　冷えは女性には悪いというからね」と源弁護士が大坪女子と優子さんに声をかける。

「いいえ、今日は暖かいから大丈夫です」と優子さんが答えた。

さっそく、紙コップに濁り酒が注がれ、乾杯の準備が整った。

「じゃあ、事務所の発展とみなさんの健康を祈念して乾杯！」と源弁護士が生真面目な挨拶をする。

「かんぱーい」みなが紙コップを差し上げる。

ひょろり君は、普段は清酒党であるが、花見の時期だけは濁り酒が雰囲気に合うようで好きだ。甘くてわずかに発酵した爽快感が残る濁り酒をあおり、空を見上げて、桜の白く浮かび上がった花びらを愛でる。

公園内にはかがり火が燃やされ、花見客の喧噪が祭りのような雰囲気を醸し出している。いまひとつ静かだった源法律事務所の4人も酔いが回るにつれて賑やかになっていった。源弁護士のつまらない冗談に大坪女子が遠慮なく突っ込みを入れている。それを見て優子さんが笑っている。まあまあと言って酒を注ぐ。

ひょろり君も、笑い話やうまく解決した事件のことを優子さんと話している。

2時間ほどが過ぎ、かがり火の明るさが際立って来た頃、酒も弁当もなくなり、4人は帰ろうと立ち上がった。そして、知恩院の方面に向かって公園を歩き出した。

しばらく歩いていると、向こうのほうで人だかりがしていた。近づいてみると、人の輪の中に老婆が倒れていて、まわりの人に介抱されていた。といっても、たいしたケガをしているようでもなかった。野次馬の話では、老婆が若い男に手提げをひったくられてしまい、その時に引きずり倒されてしまったということだった。みなは口々にひどい話だと言っていた。大坪女子も「あんなおばあさんからお金を盗るなんてひどいやつね」と怒っていた。みな、楽しい花見が最後に嫌な気分になってしまったようだった。

少年事件の依頼

それから、3週間ほど経っただろうか、ひょろり君のもとに1件の少年事件の依頼が舞い込んだ。顧問先の会社の従業員の子供がひったくりで警察に逮捕されたというのである。事件のあらましを聞いてみると、なんと花見の帰りに見たひったくり事件の犯人として逮捕されたというのである。目撃者が犯人の逃走時に乗ったバイクのナンバーを見ていて少年だとわかったようだった。

ひょろり君は偶然に驚いたものの、少年事件は成人の刑事事件と比べても、手持ち時間があまりなく、すぐに活動を開始しないといけないので、他の事件とのやりくりが大変なため、事件依頼を受けてやや重苦しい感じを抱いた。

事務所内で今回の事件の話をすると、優子さんは目を丸くして、「すごい偶然ですね。こういうのって英語で何とかいうんですよね。イッツ、ア、スモール何とかでしたっけ?」

「ワールドでしょ。でも、あんなおばあさんからひったくりをするなんて、ひどい少年ですよねえ。先生、しっかり付添人活動しないと、少年院に入れられてしまうかもしれませんよ」と大坪女子がからかった。

ひょろり君は苦笑いしながら、その日の夜に両親と会うことにした。事務所に来るという両親の申し出を断り、ひょろり君のほうが家に行くことにした。少年事件の場合は、家庭環境や少年自身の暮らしぶりというものが少年の成長に大きく関係するので、家の様子を知っておく必要があったからだった。

夜7時に少年の家に着いた。住宅地の中の40坪ほどの2階建ての立派な住宅であった。金属性の表札に「飯田」とある。少年事件を起こすような少年の家庭が貧しい家庭というのは昔の話であり、今は裕福な家庭の子供であっても少年事件を起こすケースは決して稀ではない。

呼び鈴を押すと、すぐに母親が飛び出して来た。相当あわてている様子が見受けられた。玄関でスリッパに履き替え、応接間に案内された。中に入ると父親が立って待っていた。父親の出した名刺には、ひょろり君の事務所の顧問先の会社の名称と、営業部長の肩書が印刷されていた。挨拶を済ませて本題に入ることにした。

「お子さんは、逮捕はいつされたのですか？」

「2週間前です。警察の人が来て、息子に話が聞きたいから警察に来てほしいと言うので、一緒に行ったのですけど、長い時間待たされて、その日の夜に逮捕されました」

「それで今はどこに？」

「鑑別所にいます」

「観護措置がとられたんですね」

「はあ……。それで、息子はいつまで鑑別所に入れられるのでしょうか？」

「原則は2週間となっていますが、さらに2週間延長されることもあります」

「そんなに長くですか……。これからどうなるのでしょうか？」

「鑑別所での鑑別、まあ専門家による調査ですね。それから家庭裁判所の調査官の調査と意見が出されて、裁判官が処分を決めます」

「少年院に行くということもあるんですか？」

母親の矢継ぎ早の質問にひょろり君もどう答えたらよいか困った。初めての面談で率直に意見を言いすぎると感情的な行き違いが起きることもあるが、ひょろり君は自分の考えをぶつけることにした。

「前に非行を起こして、家庭裁判所で審判を受けているとかいうことがなければ、少年院に送られるということはないと思いますが、今回の犯罪は、お年寄りからお金をひったくって、しかもケガをさせたという事件ですから、悪質な事件だと見られると思います。ですから、相当真剣に対処しないと厳しい処分がされる可能性もあります」

「そうですか……」夫婦の気落ちした様子が声にありありと表れていた。

「ところで、息子さんは何歳ですか？」

「17歳です」

「というと、高校2年生ですか？」

「はい」

「息子さんがなんで今回の事件を起こしたか心当りはありますか？」

「刑事さんからは、息子はお金が欲しかったって言っていると聞きました。そんなに不自由な暮らしをさせているつもりはないいんですけど」そう言いながら母親は涙ぐんでいる。

「当たり前だ。必要な物は買い与えているし、欲しい物があれば、そう言えばいいんだ。それをこんなことをしでかすなんて。どこまでも子供のままで情けないやつだ」

それまで黙っていた父親は、母親の涙に誘われるように、抑えていた憤懣を一気に吐き出した。ひょろり君は、挨拶を交わしたときの父親のイメージとは違う言葉に違和感を覚えた。

「バイクは、ご両親が買ってあげたんですか？」

「はい、塾に通うのに便利ですから」

「そうですか。夜に出歩くというようなことは？」

「最近は塾が終わってもすぐに帰って来ないで、夜遅くに帰るということが多くなってきて……」

「どこに行っているんですか？」

「それが、言わないので……。携帯に電話したりメールしても返事してくれなくて……」

「そんなことがあったのか」父親が初めて聞くというように言った。

「あなたに相談したじゃあないですか」

「そうかあ。そんなことを聞いた覚えはないぞ。それなら……」

「一度、息子さんの部屋を見せていただけますか」夫婦の口論に発展しそうな気配を感じ、ひょろり君は割り込んだ。

「はい、どうぞ」

そう答えて母親はひょろり君を2階に案内した。部屋に入ると、ベッド、ソファ、勉強机が目についた。服や雑誌が乱雑に散らかしてあった。なんとなく殺風景な感じがした。ベッドの上のほうのクロス貼りの壁に直径10センチメートルくらいの穴が開いていた。

「あれは、どうしたんですか？」

「前に息子がちょっとしたことで切れて、腹を立てて壁を殴って穴を開けたんです」

「そうですか。お母さんに暴力を振るうことは？」

「いえ、それはありません。優しい子ですから」

「勉強もよくできるのですか？」

「中の下ぐらいです。もう少し頑張らないと目標の大学には届かないのですが……」

「どこを目標にしているのですか？」

「京都大学です」

「そうですか」

しばらく部屋で話してから再び応接間に戻った。すると父親は、待ちかねたようにひょろり君に聞いた。

「被害を受けたおばあさんに弁償して示談すると処分が軽くなるのでしょう？」

「それは、そうですね」

「少々、高くてもかまいませんから、示談金を払って示談してください」

「わかりました」

その言い方にひょろり君はむっとした。それは、被害者を気遣うというより、息子に有利になるためには金を払えばいいのだろうという考えしかないような言い方に聞こえたからだった。

ひょろり君は、少年の親に好感が持てなかった。親のことだけが原因ではないと思うものの、少年が非行に走った一因がぼんやりと理解できるような気がした。ひとけのない暗い街路を駅に向かって歩きながら、なぜか寂しい思いにとらわれたのだった。

鑑別所での面会

翌日、ひょろり君は、執務が始まる午前9時に京都家庭裁判所に向かった。家庭裁判所は、鴨川と高野川の合流する地点に位置し、そのすぐ北には糾の森と下鴨神社があり、緑豊かな地域である。

家庭裁判所の敷地内には川が流れ、秋には紅葉が見事に色づく美しい佇まいの中にガラスを多用した開放的な建物が建っている。その建物の正面玄関から階段を上り、右の廊下沿いにある部屋を入ると少年係の書記官の部屋だった。

ひょろり君がここを訪れたのは、付添人選任届けを提出することと捜査記録、社会記録の閲覧をするためだった。しばらく待たされてから記録が目の前に置かれた。警察の捜査記録を見ると、逮捕に至る経緯や犯行状況が記載されていた。

被害者の名前は津島しずといった。夫は、津島良三という名前だった。被害金額は、バッグの中に入っていた現金2万6000円だった。そして、被害者が引きずられて膝にケガをしたため、1週間の治療を要するとの診断書が出されていた。これで強盗致傷罪というわけだ。

少年には前科はない。社会記録はまだ内容がなく、家庭環境などが記載されている程度であった。

ひょろり君は、その足で、少年に会うために鑑別所に向かった。京都家庭裁判所から出町柳まで出て、そこから高野川沿いの川端通りを南下すると、東側に古めかしいコンクリート製の建物がある。それが京都少年鑑別所である。面会室に入ると小さな机があり、拘置所のようなしきりはない。

しばらく待っていると、少年が水色の制服の職員に付き添われて入室してきた。

少年はひょろり君を見ると、ひょいと頭を下げて挨拶したが、警戒するような、あるいは拗ねたような目をしていた。少年が椅子に座ると職員はすぐに退出したので、ひょろり君と少年の2人きりになった。

「飯田亮君ですね？」

「はい」

「弁護士の鴨川正義といいます。ご両親に依頼されて、君の付添人になりました」

「はあ」

「あなたのために有利になるようにいろいろなことをしますが、あなたに不利なことは絶対に警察や裁判所に言ったりしないから安心して何でも話してくださいね」

少年はそういうひょろり君を上目遣いに見ていて、まだ警戒心を解いていないようだった。ひょろり君は、すぐに事件の話に入るのをためらった。もう少し打ち解けてからでないと核心的な話にならないだろうと思ったからだ。そこで、鑑別所での生活の不満を聞いたり、これからの手続の説明をしたりした。少し少年の固さがほぐれて打ち解けてきたことを感じたので、ひょろり君は少年に事件のことについて質問した。

「君は、どういう理由で警察に逮捕されたかわかっていますか？」

「うん」

「どういうこと？」

「おばあさんから鞄をひったくって、倒してケガさせた」

「うん、そうだね。それで、そのことはどうなんですか。間違いはないの？」

「うん」

「もし、本当は違うのなら、違うと言っていいんだよ。訂正できるんだからね」

「いいえ、僕がやりました」

「そうか……。間違いないんだね。それは君が1人でやったということなの？」

「そうです」

「うん、そうか。わかりました。それで、おばあさんの鞄をひったくったのは、どうして？」

この問いに少年はうつむいてしまい、しばらくは何も言わなかったが、ようやく小さな声で答えた。

「お金が欲しかったから」

「どうして？」

「買いたい物があった」

「それは何かな？」

「ゲームのソフト」

「そのゲームソフトはそのお金で買ったの？」

「うん」

ひょろり君は、捜査記録でだいたいのことはわかっていたが、どうしても聞きたかったのは、ゲームソフトが欲しいからといって、すぐにひったくりをしてしまうという短絡さがどこからくるのかということだった。しかも少年の家は決して貧しい家でない。一人っ子でもあるのだから、親に言えば買ってもらえるだろう。仮に親が無駄遣いを禁止しているため買ってもらえないとしても、人の金を盗ることがいけないという分別くらいはあるだろうに、という疑問だった。

しかし、その日は、ひょろり君は少年からは納得のいく話は聞けなかった。

被害者への謝罪と弁償

ひょろり君は、それからもう一度、母親に会い、家庭裁判所の調査官に会った。そのうえで、数回、少年と話をした。ひょろり君は、少年とは事件のことばかりでなく、学校生活のこと、趣味のこと、将来の夢等の話をした。少年は、最近、夜にゲームセンターやコンビニを中心に遊び、深夜に帰宅していることも話した。

このように、ひょろり君は少年の置かれた環境や少年自身の問題を理解しようと努める一方、被害者と会い、謝罪と弁償をすることにした。謝罪には、親も同席すべきと考え、母親を同行した。

被害者の老婆は、京都駅の南にある長屋のなかの一軒に夫婦で住んでいた。入口の表札に「津島」と書かれていた。事前に用件を伝えておいたので、意外なほど快くひょろり君と母親を家に上げてくれた。玄関を入ると、4畳半の間と奥に台所のついた6畳の居間があった。

老婆は居間に上等の座布団を敷いてひょろり君達にそこに座るように勧めた。老婆は立ち上がる時に、両手を畳や箪笥について体を支えながら、ようやくといった感じでぎこちなく立ち上がった。おそらくひったくられて倒れた時に膝をケガしたせいであろう。お茶をひょろり君達に出すと、年老いた夫とともにひょろり君達の前に座った。

ひょろり君は、初めは気づかなかったが、居間の壁に義足が立てかけてあるのを見て、夫が片足がないことに気がついた。よく見るとあぐらをかいている左足の膝から下のズボンがペタンと薄くなっていた。

ひょろり君は、老夫婦に少年の母親を紹介した。

母親は、両手をついて「息子が本当に大変なことをしてしまい、申し訳ありません」と謝罪した。

老夫婦は、ひったくられた時には本当にびっくりしてしまい、ひどい世の中だとひどく悲しい気持ちになったこと、倒れた時に打った膝が痛んで困っていることを話したが、いつまでも母親が手を上げないので、「まあまあ、もうそれくらいで結構です」と言った。

ひょろり君は、少年が今は鑑別所にいること、いずれは家庭裁判所の審判がされ、処分が決まるであろうことを説明し、今は少年は心から反省していることを話した。

老夫婦は、頷きながら話を聞いていたが、「いいお宅のお子さんのようなのに、どうしてこんなことをしたんでしょうか？」と聞いた。

ひょろり君は、最近の少年非行が、貧しくて起きるというよりも、競争に勝つこと、学歴偏重といった親の考え方や社会の刺激の強い情報過多などによって起きているというようなことを説明した。しばらく話をしたうえで、ひょろり君はいよいよ示談の件を切り出した。

「まずは、被害金額の2万6000円、バッグの弁償代、治療費分、そして痛くてご不便な思いをおかけしたお詫びとして、ここに25万円をお持ちしました。これでご不満であれば、もう少し増やさせていただいてもかまいません。まずはこれを被害の弁償金としてお受け取りいただけないでしょうか？」

老夫婦は、お互いに顔を見合わせていたが、妻が「どうでしょうねえ」と尋ねた。

夫は「もうこれでいいんじゃあないのか」と答えた。

妻も「そうですね」と言って「はい。これで示談させていただきますよ」とあっさり答えた。

「ありがとうございます」

ひょろり君は、なんだか値切ったような気がして、もっと払ってあげればよかったという後悔が心の底に湧き上がってきた。母親も涙を流しながら頭を下げていた。

ひょろり君は用意しておいた示談書に老婆の署名・押印を受け、現金25万円を渡した。母親は、突然に自分のハンドバックの中から財布を取り出し、5万円をそこに足して差し出した。

「すみません。大変に失礼なのですが、気持ちが許しませんので、これは示談金とは別ということでお受け取りください」と言った。

「いいえ。お気持ちはありがたいのですが、もうこれで十分です。そんなにいただくわけにはまいりません」と老婆のしずは答えた。

母親は意外な様子で、どうしても受けとってほしいと言い返すが、しずは頑として受け取らなかった。しばらく押し問答を見ていたひょろり君は、母親に「そう言われるのですから、示談書どおり25万円払われて、5万円は戻されてはどうですか？」と言った。母親はしぶしぶ5万円を財布に戻した。

「お気を悪くされないでくださいね。それより息子さんのことがご心配ですね。こんな婆からお金を盗ろうと思ったのですから、可哀相な子ですわね。これからはお母さんが息子さんの味方になって、やさしくしてあげないといけませんね」と穏やかに言った。

ひょろり君達は、穏やかで慎ましい老夫婦の言葉に温かい気持ちになり、何度も頭を下げながら長屋を後にした。

審判へ向けた方針

ひょろり君は、審判に向けて調査官と打ち合わせをした。ひょろり君は、少年には前歴はないものの、事件が軽い事件ではないので、このままで不処分となるのは難しいであろうと思った。

保護処分の一つである保護観察の可能性が高いかと思ったが、このままで少年に最終処分をすることは、家庭環境の問題や少年自身の未成熟さが何ら解決していないので、また非行を繰り返すのではないかということが気がかりであった。

そこで、源弁護士に相談してみた。

「源先生、例の少年事件なのですが、非行歴もありませんし、示談もできているので、保護観察を主張するというのが一番よいでしょうか？」

「保護観察で少年の更生は大丈夫なのですか？」

「いえ、僕が理解したとおりのことが非行の原因だとすれば、その原因はまったく改善されてはいませんし、保護司さんが指導するという程度では難しいでしょうね」

「おそらく、事件の内容からして裁判官は保護観察という審判をするでしょうね。事件の処理としてはそれでよいでしょうが、少年の更生を図るという少年法の目的に立ち返った時に、それでよいのかなあ……」源弁護士は、頭の後ろで両手を組んで椅子の背もたれに体を預けながら、天井を見上げた。

ひょろり君は、やっぱり自分の抱いた疑問が間違いではないことが核心できた。「ありがとうございます」

と言って、自分のデスクに戻った。

それからひょろり君は、調査官の意見を率直に聞いてみようと思った。

「飯田少年の問題は、親の拝金主義的発想、学歴偏重、管理主義的発想という問題と、ゲームとか塾ばかりに時間を費やし、人間関係が稀薄であるという点にあるでしょうね」

調査官は、裁判所のソファにひょろり君に向かい合って座り、調査報告書を見ながら、分析意見を教えてくれた。やはり、調査官も親の考え方と少年の生活環境に問題があると考えているんだ。ひょろり君は意を強くして言った。

「調査官は処分についてはどう考えられていますか？」

「事件が結構重大ですし、原因が根本的に除去されているわけではないので、再度非行に走るおそれがないとは言えません。まあ悪い子ではないので、保護観察が適当かなとは思います。今のところは裁判官にはそういう意見を提出するつもりです」

「そうですか。僕も、良い学校に入り出世すること、金儲けこそが大事だという姿勢が少年を歪めていると思います。少年には将来に対する夢がないんですね。これには驚きました。少年が夜遊びをするというのは、心が満たされていないためだと思うのです。人との関係が稀薄だから、老人から金をひったくることが悪いことだという罪悪感が未成熟なのでしょう。一時の楽しみのために刺激の強いゲームにはまる。そのために金が欲しいという欲求を抑えられないのですね」

調査官は同感だというようにひょろり君の言うことをじっと聞いていた。

「ですから、僕は最終的な処分は待っていただき、試験観察に付して、少年の考え方や周囲の環境がよくなるのを待って、その時点で不処分にしていただきたいのです」

この意見を聞いた途端、突然調査官の表情が曇った。

「試験観察中にそのような改善を期待できる見込みはありますか？」

「僕に考えがあります」

ひょろり君は調査官を説得するために、前もって用意しておいたあるアイディアを話した。調査官は、次第にひょろり君の話に興味を示し始めた。そして最後には「なかなか面白い考えだとは思いますが、裁判官が納得しますかね」と言った。

「裁判官には僕からも説得します。調査官のご意見としては試験観察の可能性も残すような意見にしていただけますか？」

調査官はやや間を置いてから言った。

「いいでしょう。そこまで鴨川先生が言うのですから、条件付きで試験観察を妥当とする意見を出しておきましょう」

「ありがとうございます」

「でも、試験観察になったとしても、それからが本当の勝負ですね」

ひょろり君は、調査官が可能性にかけるという選択を理解してくれたことに心が通じ合ったようなうれしさを感じた。

案の定、裁判官は試験観察には消極的であった。審判期日の前に面会した時も、裁判官は、保護観察で更生を期すればよいのであって、試験観察にしなければ処分が決められないような事件ではないということにこだわっていた。そして最終判断は審判期日に持ち越された。そこでひょろり君はある計画を立てた。

審判廷では、少年の両親や学校の先生、雇用主などが付添人の質問に答えて意見を述べるのが普通である。しかし、今回はひょろり君は被害者の老婆に審判廷に来てもらった。そして証言台に立ってもらった。

「あなたは、この少年にひったくりの被害を受けた時に何を思いましたか？」

「とても悲しくなりました」

「何に対して悲しくなったのですか？」

「どうして、普通の子がこんな年寄りからお金を盗るなんてなんてひどいことができるのか。世も末になったと思ったのです」

その時、少年が深くうつむいたのが、ひょろり君の目に入った。

「私と少年の母親が謝罪に行った時に、少年のことをお話ししましたね？」

「はい」

「お話をしていて何かお感じになったことがありましたか？」

「ええ。この子は今までの人生で、本当の意味での人間的な生活を送ってきていないんじゃあないかと感じました」

「それは、どういうことですか？」

「いえ、勉強してよい成績をとる、よい学校に入る、そのために塾に通う。欲しい物は親が買ってくれる。でも、このお子さんは夜遊びしていて、1人で大概の時間を過ごしているというのでしょう？　家庭の団欒というものを知らないのではないかと感じました。あ、すみません。ご両親がいる前で偉そうなことを言って。ただ、ちょっとそう思うと、そのお子さんが可哀相に思えて」

穏やかに話す老婆の言葉に、少年の父親は不満げな表情を浮かべたが、母親は鼻を赤くしてハンカチで目を拭っていた。

「それで、私からお願いしたことがありますね？」

「ええ。時々、このお子さんに私の家で何か一つでも手伝いをさせてほしい、そして、できれば一緒に夕食を食べてほしいということでした」

「はい、そうでした。それで、お願いできますか？」

「はい。主人と相談したら、ぜひそうしてあげたらいいと言いましたし」

ひょろり君は、最後に少年にも老婆の家で謝罪の意味で手伝いをするということを約束させた。そして、付添人として、本件は少年がいかに被害者に悪いことをしたかということを理解すること、そして少しでも豊かな人間性を身につけることが更生を確実にすることであり、そのために試験観察に付して、その間に被害者への償いと交流をすることが必要であると熱弁をふるった。

裁判官はじっと聞いていたが、ひょろり君の意見陳述が終わると、少年に向かい、こう語りかけた。

「私は、君の処分をどうするか、ある程度考えを持ってこの審判廷に来ましたが、被害者の方の誠意や付添人の意見、それに調査官の意見も踏まえて、君を在宅による調査官の試験観察とすることにします。これからは調査官と付添人の指導を受けながら、まじめに生活してください」

少年は、ぺこりと頭を下げ、両親に付き添われて家庭裁判所を後にした。

よき理解者

学校側は、少年が普段は真面目な生徒だったので就学には理解があった。しかし、少年は事件が学校に知れ渡っているので、学校に行きたがらなかった。

一度はひょろり君の勧めに従って登校したが、生徒達がまるで腫れ物に触るような態度をとっていたことから、少年は帰宅後どうしても明日から学校へは行きたくないと言い出した。

夜、ひょろり君も少年の自宅に行って少年と話し合ったが、少年の態度は変わらなかった。少年の父親はそんな意気地のないことでどうするんだと激しく叱ったが、少年は唇を噛んでうつむくばかりだった。

ひょろり君は、「無理に行かせるわけにもいかないので、しばらく様子を見ましょう」と言った。

ひょろり君は、どうしたものかと思案した。まだ子供のままの未成熟な少年を理解しない父親との関係のなかで少年が追い詰められていくだけでは、事態は悪化するばかりだ。ひょろり君は、少年の理解者であり、できれば少年が強く生きることを見習いたくなるような人物を見つける必要性を感じていた。

誰か適当な人がいないかと考えていた時に、ふと、ひょろり君が弁護士になった年に担当した事件の田野という少年を思い出した。

それは、暴走族に入っていた少年で、仲間と深夜に集団で暴走するということを繰り返していた少年だった。暴走仲間が恐喝で逮捕された時にその場にいたことから、その少年も共犯として逮捕されたのだった。ひょろり君の付添人活動の結果、幸い、恐喝事件はたまたま仲間の少年がその場で思いついてやったことであったということが裁判所に認められて、集団暴走行為だけの非行事実となったため、保護観察で終了した。少年の暴走行為の原因は、自分自身の生き甲斐を見つけられない閉塞感を爆発するためであり、生きるエネルギーは十分に持っていた。少年自身も自分の吹き上がるマグマを持て余していたのだった。

しかし、その後、少年は京都の伝統的な数奇屋建築の職人になりたいと言い出した。地味な仕事だから向かないのではないかと周囲は心配したが、自分から親方のところに弟子入りを願い出て、幸いに許されて、今では真面目に働いているはずだった。

ひょろり君は、すぐに少年の勤めている建築会社に電話した。応答に出た女性社員は、田野は現場に出ていて留守だと答えた。ひょろり君が田野の携帯電話を教えてほしいと言うと、会社の者は仕事中は携帯は使用禁止だから、こちらからかけさせますと言った。

昼過ぎに、田野からひょろり君の事務所に電話が入った。

「田野です。鴨川先生ですか。ご無沙汰しています」元気のよい声がした。

「やあ、久しぶり。今、電話いいの？」

「はい。昼休みですから。現場監督から了解もらっていますので」

「なかなか厳しいんだね。」

「はい」

「どう？　仕事は？」

「厳しいです」

「やり甲斐はあるだろう」

「はい。ものすごく奥が深くて、面白いです」

「それはよかった。実は、田野君に頼みがあるんだ」

「僕にですか？　はい。何でしょうか？」

「実はね……」

ひょろり君は、例の少年の事件の概要を話し、兄貴的立場で少年に接してもらえないだろうかと相談した。田野はしばらく考えていたが、「わかりました。お役に立てるのであれば」と言って引き受けてくれた。

電話を終わって、ひょろり君は田野がどんな気持ちで引き受けたのだろうかと考えた。躊躇したように感じたのは気のせいだろうか。田野にしてみれば、以前の自分を知っている弁護士なんかにあまり関わりたくないのかなと思った。そうだとしたら悪いことをしたなという気がだんだんにしてきた。「まあ、今度会った時に率直な気持ちを聞いてみるしかないか」と呟いた。

ところが、ひょろり君の心配はまったくの杞憂だった。田野は、飯田少年をバイクのツーリングに連れて行ってくれた。3日間、民宿に泊まったり、野宿したり、2人だけで気ままに過ごしたようだった。

帰ってきた2人に会ったひょろり君は、飯田少年が田野を心から尊敬している様子が手に取るように感じられて微笑ましく思った。日に焼けて少し逞しそうになった飯田少年に「どうだった？」と尋ねた。

「とっても楽しかった。最高でした」笑顔で答える飯田少年の笑顔は、子供らしい無邪気な輝きに満ちていた。ひょろり君は飯田少年に会ってから今までこのような笑顔に接したことはなかった。

「何をしていたんだ？」というひょろり君の質問には、2人ともニヤニヤしてはっきりしたことは言わなかった。

ひょろり君は飯田少年が帰った後で、田野に聞いた。

「すまんなあ、田野には迷惑をかけて。だけど、3日も仕事を休んで大丈夫か？」

「はい。親方にはわけを言ってありますから」

「それで、彼、どうだった？」

「すごく素直で、おとなしいですね。はじめのうちは打ち解けなかったのですが、だんだん仲よくなりました。まだ、事件のこととか、詳しいことまでは話しませんでしたが、先生が言われるように、まだ自分でこうしようという意欲みたいなものが感じられませんでしたね」

「うん、やっぱりそうか……」

「それと、家族で今回したみたいなキャンプに行ったことがないと言っていました」

「あの家族ではそうかもしれないよ」

「まあ、これからも時間を作って、いろいろ話してみます」

「本当に申し訳ない。……でも、田野は本当は迷惑なんじゃないのか？　僕が頼んだ時、田野は嫌そうな様子じゃなかったかな？」

「いいえ。えっ、そんなふうに思われたんですか？　そうじゃなくて、実は、僕にそんなことができるのかなって心配だったんです。でも、僕も同じでしたからね。誰かの手助けができるならやろうってそう思っただけです」

「そうだったのか。僕はてっきり……。いや、ありがとう」

「でも先生、あいつは真面目ですよ。前の僕なんかとは随分違います。心配いりませんよ。それに、なんだか弟みたいな気がしてきました」

ひょろり君は、田野がしばらく会わないうちに急に成長して、すばらしい若者になったことに胸が熱くなった。

こういう若者と接して飯田少年が成長してくれればいいのだが、と思った。

老夫婦との交流

ひょろり君は、飯田少年を被害者の津島夫婦のもとに連れて行った。これから週3日、津島夫婦の家に半日いて、何かの手伝いをするということを始めることにした。

飯田少年は審判の時にはやりますと前向きに答えたが、今は明らかに津島家に行くのが嫌そうであった。確かに見ず知らずの人の家で手伝いさせられるというだけで気詰まりであろう。ましてや自分がひったくりをした被害者の家に行くのだから、嫌でないはずがない。

しかし、ひょろり君は、あの夫婦なら飯田少年の心にまったく新しい滋養を注ぎ込んでくれるのではないかと期待していた。

津島夫婦の家に着き、挨拶を済ませると、ひょろり君は津島家を辞した。

残された飯田少年は居心地が悪そうにちゃぶ台の前でもじもじしていたが、しずの勧める手製の紫蘇ジュースを飲んだり、世間話をするうちに次第に緊張がとれたようだった。

そして、しずはその日の手伝いとして夕食の材料の買い物を頼んだ。買う材料を書いたメモとお金を預かり、商店街に向かう途中、飯田少年はメモを眺めていた。メモに「牛肉の薄切り（すき焼き用）５００グラム」と書いてあった。

肉屋で牛肉の包みを受け取った時の手に受けた重さに、「年寄りなのに肉をたくさん食べるんだなあ」と呆れた。

ひととおり買い物を済ませると、結構な重さになった。「こんなに重たいんじゃあ、あのおばあさんでは大変だろうな」と思いながら家に向かった。

家に着くと、しずは「ご苦労さま」と言って、少年に夫と近所の銭湯に行くように言った。そんなつもりのなかった少年は、断る口実も兼ねて、「入浴道具を持っていない」と言った。すると、しずは予想していたように、笑いながら、タオル、石けん等の入った洗面器と新品の下着の入った袋を少年に渡した。

少年は仕方なく、夫の良三と一緒に出かけることにした。良三は無口で自分から少年に話しかけないので、2人は途中会話をすることもなく、とぼとぼと夕暮れの路地を歩いた。徒歩7～8分ほどのところに銭湯はあった。

初めて銭湯に来た少年は、物珍しげにキョロキョロしながら、入口にかけられた「湯」と書かれた大きな暖簾を潜り、靴をくつ箱にしまってから、男湯のドアをガラガラと開けた。

少年はゆっくりと籠に衣類を脱ぎ入れながら、何気なく老人を見てぎょっとして息を飲んだ。裸になった良三の左足の膝から下がなかったからだ。膝の下の肉が盛り上がり丸くなっていた。籠には義足が置いてあった。少年は、そのことに触れてはいけないと思い、すぐに目をそらせたが、良三は、少年に交通事故で足を切断しなければならなかったことを話した。

そして、少年に「すまないが肩を貸してくれないか」と頼んだ。少年が頷くと、良三は少年の肩につかまり、脱衣場から浴室まで片足でぴょんぴょんと跳ね歩いた。そして浴室のドアを開けると、そこで床にペタンと座り込み、尻をつき両手で滑るように奥へ進んで行った。

少年は奇妙なものを見る面持ちで、ぽかんとしていた。すぐに我に返ると、あわてて前をタオルで隠して湯船に向かった。良三は、自分の体を石けんで泡だらけにしながら、「湯船に浸かる前にまず綺麗に体を洗うんだよ」と少年に注意した。

少年が体を洗っていると、良三の知り合いと思われる男性が、「今日は孫と来たのかい？」と聞いている。良三は、「いや、孫ではないが、知り合いの息子さんだよ」と答えた。その男性は、「もう入るなら、ここにつかまってや」と言って良三の肩を持ち、湯船に静かに入れてあげている。少年も続いて湯船に浸かった。

少年は首まで湯に沈めながら「フー」と息を吐いた。良三は「みんな、私が片方の足がないのに嫌な顔をしないで、気持ちよくこうして助けてくれて、ほんまに感謝せんとな」と少年に言った。

「不便なことはないですか？」

「それはあるけど、もう慣れたし、こうなって感じた人の優しさというもんもあるしなあ」

少年は、自分だったら絶対に銭湯に来て、人前に体をさらすなんてできないと思った。

浴室から上がり、タオルで汗を拭いていると、良三が「これうまいから」と言って、瓶に入った冷えたコーヒー牛乳を買って少年に渡した。熱い体にキンと冷えた甘い液体はなんとも美味かった。

帰路は、日もほとんど落ちてわずかな残照と家の窓から漏れる光が路地に薄明かりを与えていた。魚の焼ける臭いや、カレーの臭いが路地に漂っていた。時折、路地を抜ける風が風呂上がりのさっぱりした体になんとも気持ちよかった。

老人は、何を思ったのか、しずが昔、悪い詐欺集団の被害にあったことを話し出した。今から10年近く前になるが、突然、家を尋ねて来た若者から老後の蓄えとして金《きん》を買うことを勧められた。若者は、金は絶対に値下がりしないこと、そして若者の会社に金を預ければ年間25パーセントの利息を支払うということを言って勧誘したのだった。しずは、その誘いには乗らなかった。

ところが若者は、良三の家では良三が交通事故でまとまった損害賠償金をもらっていて、それを貯金していることを知ると、毎日のように家に来て、2人をおとうさん、おかあさんと呼び、息子のようにふるまった。夫とも銭湯に行き、背中を流したりもしたのだった。そうしているうちに、2人ともその若者の言うままに、大事な事故の賠償金を預けてしまった。

しかし、その1年後、会社が詐欺集団だとして警察の捜査を受け、破産してしまった。そのため預けていると信じていた金の延べ棒は一度も見ずじまいで、利息金を1度受け取っただけだった。あとは破産の配当として預けた金のわずか3パーセントの配当を受けただけで終わってしまった。

「あの時、ばあさんは相当落ち込んでいたな。いや、わしも同じやった。何がつらいって、人に裏切られるというのは、財産をなくすことよりこたえるもんやな。そやけど、ばあさんは今でも、あの若者も騙されていたのやないかと言ってな。息子のように可愛がっていたからなあ。わしらには子供はできひんかったし、よけいにそう思たんやろなあ」

静かに語る老人の話を聞きながら、少年は、世の中には人の気持ちを利用するひどい人間がいるもんだと思った。同時に、だまされても、こうして自分のために世話を焼いてくれるような優しいおばあさんのような人間もいるというのが社会なのかなあと不思議な思いがした。

家に着くと、甘い醤油を煮ているような匂いが少年の食欲を激しく刺激した。居間に入ると、ちゃぶ台の上のコンロの上に、すき焼きの鍋がのせてあった。

「さあさ、もうちょうど煮えるところですよ。あなたもおじいさんも座って食べてください」

少年は、言われるままに座り、コップに注がれた冷たいお茶を一息に飲み干した。そして、ぐつぐつと湯気を立てている柔らかな肉をほおばった。老夫婦はうれしそうにその様子を見ている。結局、2人もすき焼きを食べたが、肉のほとんどは少年が平らげた。

デザートに出してくれたアイスクリームを食べ終わると、しずは「今日はお手伝いご苦労さんでしたね。楽しかったですよ。もう遅いから、ご両親が心配するといけないのでお帰りなさい」と言った。

飯田少年は、「ご馳走様でした」と言って、老夫婦の家を後にした。2人が戸口で暗い夜道に出た少年を見送ってくれている。

飯田少年は、バス停で一人バスを待っていた。ぼんやり今日のことを考えていた。その時、「あっ、そうか」と少年は声を上げた。買い物の時に、老人なのに結構肉を食べるんだなあと思ったのは、自分に食べさせるために、肉をたくさん買わせたのだということに気がついた。

片足を失ったのに、恨みがましいことを言わないで普通に生活しているおじいさん、大切なお金をだまし取られたおばあさん、ひったくりをした自分のためにアイスクリームを買っておいてくれたこと、そんなおばあさんからお金をひったくった自分、今日一日のことを思い出し、おいしかったすき焼きの味を思い返した時に、少年の目に涙が溢れてきた。少年にとって予想外の事態だった。自分でもなぜ泣けてしまうのかわからなかった。しかも、その涙は止まらずに溢れてくる。そして、ついに少年は嗚咽を抑えられなくなった。暗闇の中で、ぼんやりと照らされたバス停で少年は一人肩を震わせて泣いていた。

それからも、少年は約束どおり週3回は手伝いをした。大概は老夫婦に夕食をご馳走になった。老夫婦の家では、よく少年を中心に大きな笑い声がするようになった。その笑い声は、時折、少年の自宅でも聞かれるようになっていった。

少年は、田野とも何度も会い、いろいろなことを話し合っていた。少年は田野を心から尊敬しているようだった。田野が昔は暴走族で暴れていたという話を聞いて目を丸くして驚いた。飯田少年にとっては、自分の気持ちをわかってくれるよき理解者であり、少年は田野を尊敬できる兄貴と感じていた。

調査官とひょろり君は、飯田少年との面談で少年から報告を聞き、その表情に接するたびに、確実に少年が自立してきていることの手ごたえを感じていた。

調査官も、「この調子だと最終処分の時期も近いですね」と言ってくれた。

家庭裁判所からの帰りに、ひょろり君は少年から老夫婦の家で起きたことを聞きながら、少年に対して考えた工夫が間違っていなかったことを実感していた。別れ際に飯田少年はひょろり君に聞いた。

「先生、あのう、ジアゲって何ですか？」

「ジアゲ？　ああ、地上げのことか。土地とか家を借りて住んでいる人がいるのに、土地や家の持ち主が借りている人を追い出して、その土地や家を高く売ったり、開発したりすることだよ」

「そうですか。法律では、そんなことはしてもいいんですか？」

「交渉したり、裁判で立ち退きを請求するのはかまわないんだけど、問題なのは、脅かしたり、嫌がらせをしたり、なかには暴力を振るって無理やり追い出そうとする場合があるんだ。そうなると、完全に法律に違反することになるんだよ」

「そうなんですか……」

「なんでまた、そんなことを聞くんだい？」

「あのおばあさんの家が地上げにあってるって、おじいさんが言っていたんです」

「そうか……。で、困っているの？」

「そこまでは何も言っていませんでしたから」

「じゃあ、何か困ったことがあったら、僕に遠慮なく相談してほしいって言ってあげてくれるかい？」

「はい。そうします」

ひょろり君は、飯田少年の後姿を見ながら、いい子だなと思った。

ひょろり君は、飯田少年の両親のほうも気がかりだったので、飯田少年がいない時に家を訪れて様子を聞いてみた。

家にいたのは母親だけだったが、少年が夜遊びをしなくなった、落ち着いて、以前のような拗ねたような目をしなくなったとうれしそうに話した。そして、父親も最近は息子を信頼して、なるべく厳しく言わないようにしているとのことだった。来週の週末に父親と少年は2人で一緒に登山に行くらしい。実は父親は若い頃は登山が好きだったが、仕事に追われてまったく登山ができなくなっていた。しかし、思い切って、これから好きな登山を始めるということらしい。

仕事人間の父親も、今回のことをきっかけに、本当に自分の好きなことに時間を使おうと考え出しているのだ。今回の事件は父親にとっても、考えるところがあったようである。

ひょろり君は、「それはいいですね。男同士の話もできますね。それに大自然の中にいると自分の悩みが小さなことに思えてきますからね」とその計画を勧めた。

地上げ屋

そろそろ調査官と打ち合わせをして、少年に不処分の最終審判をしてもらおうかと考えていた矢先、とんでもない事件が持ち上がった。

夜8時過ぎに今日最後の依頼者と打ち合わせをしていると、ひょろり君の携帯電話が鳴った。

「先生、田野です。大変です」田野のあわてている声が緊急事態であることを告げていた。

「どうしたんだ」

「飯田君から今、電話があったんですが、あのおばあさんの家に暴力団員のような男が数人来て、家を立ち退くように脅しているというんです」

「そうか、地上げ屋だな。これから現場に行くことにするよ」

「僕も今、現地に向かっていますので、先生も早くお願いします」

「田野、いいか、絶対に手を出すなよ」

「わかっていますよ」

ひょろり君は、依頼者との打ち合わせもそこそこに事務所を飛び出した。ひょろり君の事務所から現地までは、タクシーを飛ばせば30分ほどで行ける。何ごとも起きないでいてくれと祈るような気持ちだった。

老夫婦の家に着くと、家の前に男性が数人でにらみ合っていた。一方の男性3人組みは地上げ屋のようだった。これに対して、家を守るように立ちはだかる男性が数人いた。そのなかに田野と飯田少年がいた。

走ってそのなかに割り入ったひょろり君は、田野に怒鳴るように言った。

「遅くなってすまん。もういい」

そして地上げ屋に振り返ると努めて冷静に言った。

「弁護士の鴨川だ。ここの津島さんの代理人だ。話なら僕が聞こう」

「おう、あんたが代理人か。まあええ。ここの家はうちの会社が買《こ》うたんや。そやから、出て行ってもらわんとな」

「いくら持ち主が変わっても、借地借家法で、貸主に正当事由がない限りは立ち退きを要求することはできないことになっているんですよ」

「そんな法律なんか、関係あらへん。まあ今日はこのへんで帰りまっけどな、これから毎日寄せてもらいますわ。お話するだけでっせ。先生も代理人なら毎日来とったらどないです」

そう捨てゼリフを残して男たちは帰って行った。

ひょろり君は、田野、飯田少年とともに家の中に入った。老夫婦は案外と落ち着いていた。おばあさんはすぐにみんなにお茶を出した。飯田少年は顔面は蒼白になっているが、目のまわりと右頬のあたりがうっすら赤くなっていた。

「飯田君、どうしたんだい。その顔」

飯田少年は何も言わなかった。実は、と言って良三がわけを話し出した。夕食を済ませてそろそろ少年が帰ろうとしていた時に地上げ屋が来た。地上げ屋は、老夫婦に立ち退きを迫ったが、今夜は特にしつこかった。その様子を見て、少年はすぐに田野にどうしたらよいか電話で相談した。田野はとりあえずひょろり君に連絡して、「そちらに行く」と答えた。

地上げ屋はあの手この手で老夫婦に立ち退きを迫ったが、なかなかうんと言わないことから、膠着した状態になった。その時、地上げ屋の一人が玄関に置いてあった良三の義足を弄び、外へ放ったのだった。それを見た少年が、突然、飛び出していって、その義足を放った男に組みついたのだった。老夫婦は大変なことになったとおろおろして、警察に電話しようとした時に、田野が間一髪、仲間とともに駆けつけたのだった。

飯田少年が組みついた男は、飯田少年の頭を腕で締めつけていたが、田野達が来たのを見てすぐに手を離したので、大事には至らなかった。しかし、腕で締めつけられていたせいで、飯田少年の目のまわりと頬が赤く擦れたようになっていた。

「田野、ありがとう。来てくれたおかげで彼がケガしなくて済んだよ」

「間に合ってよかったです」

「こちらの人たちは？」ひょろり君は田野の隣でかしこまっている男性2人を見て聞いた。

「昔の暴走族時代の仲間です。もちろん、今は真面目に働いていますけどね。だけど、さすがにみんなのバイクは早かったな。昔の腕はなまっていないな」と言って笑った。

ひょろり君は胸が熱くなった。老夫婦は、田野たちに何度も畳に手をついて礼を言った。

「先生、あいつら、また明日も来るって。どうしましょう……」飯田少年は心配そうに聞いた。

「とりあえず、明日の対応は警察に僕から事情を話しておきますから、地上げ屋が来たら、すぐに警察に電話して帰らせます。明日には裁判所に面談禁止の仮処分を申請しますので、おそらくは数日で決定が出るでしょうから、地上げ行為は止まります。この命令に違反したら、強要罪で逮捕してもらえますから。宅建業の免許も取り消すよう申し立てることもできますからね」

そう言って明日以降の対応を指示して、ひょろり君は少年を家まで送って行った。

「先生、今日のこと、親に話すんですか？」

「それはそうだよ。君が危険な目にあったのだから、ちゃんとご両親に報告しないとね」

「そんなこと言ったら、絶対にもうおばあさんの家には行かせてもらえなくなります」

「でも、それは仕方ないよ。それにこの事件が解決するまで、あそこには行かないほうがいいよ」

「そんなことはできませんよ」

「いや、君の気持ちはわかるが駄目だ。それに今日、家庭裁判所から連絡があってね、来週火曜日に最終処分を決める審判期日が指定されたよ。もう行く必要もないんだよ」

少年は不服そうであったが、ひょろり君の説得でしぶしぶ了解した。しかし、少年は「親に今日のことを報告したら怒るだろうな」と呟いた。それを聞いたひょろり君は、「そうだろうな」と相槌を打った。

飯田少年の家について出迎えた母親は、ひょろり君が一緒だったので怪訝な表情をした。見ると、玄関には男性の革靴が脱いであった。

「お父さんはお帰りになっておられますか？」

「ええ、ちょうど、先ほど帰りました」

家に上がったひょろり君は、飯田少年とともに今日の出来事をすべて包み隠さずに話した。

飯田少年が地上げ屋に掴みかかり、頭を抱えられたことを話すと、母親は「まあ、なんてことを」と言って非難するような目をひょろり君に向けた。

最後に「大事な息子さんを危険な目にあわせて申し訳ありませんでした」とひょろり君は頭を下げた。ひょろり君は、当然、父親からは厳しい叱責を受けるものと覚悟していた。ところが、父親の言葉は意外なものだった。

「亮、よくやった。たいしたもんだ。偉いぞ」

「あなた」と母親は咎めるように口を挟もうとしたが、「いや。確かにへたをすれば大ケガをしたかもしれないし、暴力団のようなやつに向かっていくのはしたらいかんことやけど、見て見ぬふりをする人が多いなかで、亮のしたことは立派なことや」父親はそう言った。

　ひょろり君は、飯田少年と顔を見合わせた。飯田少年が本当にうれしそうな顔をした。ひょろり君は来週の火曜日に最終の審判があること、これからは老夫婦の家には行く必要がないことを告げて、少年の家を出た。

最終処分

　調査官の報告書は、試験観察中の少年の行動、特に被害者の家で手伝いをしたり、一緒に生活をしたことに紙面を割いていた。そして、少年が試験観察中の体験を経て、大きく人格を成長させたことを強調し、不処分が相当であると意見を締めくくっていた。

　裁判官は飯田少年に、試験観察中に感じたことなどを少し質問し、その答えに頷きながら、すぐに不処分の審判を言い渡した。

　家庭裁判所のロビーでひょろり君は少年と別れの挨拶をした。

　飯田少年はひょろり君に「例の地上げ屋はどうなりましたか？」と尋ねた。ひょろり君は、裁判所の仮処分の審尋の場で裁判所が相手に強く和解を勧告したため、和解が成立し、立ち退く必要がなくなったことを説明した。

「これから、どうするんだい？」

「学校に行きます。これから猛勉強しようと思います。ただ、夕方にはおばあさんの家に行って、買い物の手伝いをします」にこやかに飯田少年は答えた。

「もう行かなくてもいいんだよ」

「いえ、行きたいんです。それから、先生、田野先輩みたいに僕で何かできることがあったらいつでも言ってください」

ひょろり君は、鑑別所で初めて会った飯田少年が急に大人になった気がして「うん、その時には頼むよ」と答えた。

あとがき

弁護士を主人公にした小説を書こうと思ったのは、アメリカの人気テレビドラマ「ＥＲ」（緊急救命室）を見て衝撃を受けたからです。このドラマは救命医療に従事する医師の活躍や苦悩を描いているのですが、現場の医療活動のリアリティが圧倒的な迫力で迫るのです。普通であれば私たち一般人が見ることのできない医療の現場を、生々しく見ることができるのです。病院に搬入される血まみれの患者、専門的な医学用語が飛び交う手術室、すばらしい手技で命を救う医師、救えずに落ち込む医師たちが登場します。

日本でも、弁護士ものの小説やドラマは結構ありますよね。最近はテレビドラマでは弁護士が出てくるものが多くなっている気がします。でも、そのどれもが弁護士そのものの日常を描くというよりも、サスペンスドラマの舞台として弁護士事務所が設定されているという感じで、そこに登場する弁護士はおよそ本当の弁護士の姿とはほど遠いのです。実は、日本ではあまり知られていないと思いますが、アメリカで法学部の学生に人気があるといわれている裁判ドラマで「プラクティス」というのがあります。これは「アリー・マイ・ラブ」とはまったく違って、かなりリアルなドラマです。

ですから、日本でも「ＥＲ」や「プラクティス」のような専門家の姿を生々しく扱う娯楽があってもいいのになあと不満に思っていました。そのうち、それなら自分で書いてみようかと思ったのです。そうして、たまたま京都の弁護士の有志で「奔馬」という法曹文芸誌を発行しているので、そこにひょろり君を主人公とする小説を書き始めたのです。

しかし、所詮は自分の扱った事件を素材にしてしか書けませんので、作品になってから読んでみても、こんな地味な話では面白くないのではないかなあと心配になりました。ただ、裁判、弁護士や法律のことをできるだけ真実の姿で書くことに意味があるという初心を思い出し、書き続けました。

弁護士の実像を知っていただくという意味では、「弁護士の一日」が一番適していると思います。ここに出てくる弁護士の1日はまさに僕の1日です。つまらないギャグを言って事務員さんのひんしゅくを買っているのも本当です。弁護士も人間ですから、報酬のよい事件が来るとうれしいというのが真実です。けれども、多くの弁護士は、社会的な意義のある事件を扱うこと、公益的な活動をすることで弁護士としてのやり甲斐を感じています。ですから、無報酬の仕事、弁護士会の委員会などにとられる時間が結構多いのです。その時間のやりくりのなかであがいているというのが弁護士の実像でしょう。

この小説に出てくる事件は、ほとんど僕が扱った事件が素材になっています。かなり忠実に再現しているものもあれば、本当は裁判では負けてしまったのに、小説の力を借りて、逆転勝訴に変えてしまったものもあります（「だまされる弁護士」）。これなどは小説を書く楽しみですね。

僕は、裁判では正しいものが勝つ、正論が通る世界であると信じて法律家になりました。学生の頃、力がないために理不尽な立場に置かれてしまう人々がいることを知り、憤ることもありました。しかし、裁判の世界であれば、どんなに力が弱くても、正しいことを主張すれば、それが認められるものだと信じて、弁護士の道を選びました。

ところが、実際に弁護士として裁判をしてみると、こちらの言い分が正しいと信じていても、判決ではその言い分が通らないこともあるのです。勝つと思っていた裁判で負けてしまうと、3日くらいは元気がありません。本当に無力感に苛まれるというか、自分はなんと未熟なんだろうと深く落ち込みます。そんなことを何度も経験すると、次第に法的正義とは何だろうか、弁護士の存在意義は何なのだろうかと悩むようになりました。

弁護士の仕事は、法律を適用して解決できるほど簡単ではありません。法律で割り切れない事件のほうが多いのです。しかも、肝心の事実そのものが、本当はどうだったのかということが明らかでないのです。交差点で出会い頭の事故をした当事者が、自分の信号こそが青だったと言い張るように、1つの出来事をめぐって双方の言い分が正反対などというのは日常茶飯事です。

弁護士は、人々の日常生活から生まれる紛争を扱うのですから、おのずとさまざまな人間の業とか欲が表れます。そんなさまざまな人間としての依頼者の要求を実現しなければならないのです。しかも、弁護士は、依頼者の要求をそのまま通せばよいというものではありません。非情なこと、非道なことはいくら依頼者が望んでもしてはいけないのです。

弁護士は、そういう結構難しい状況のなかで専門家として仕事をしなければなりません。ですから、弁護士にとっては、事実を明らかにしようとする努力と熱意こそが絶対に必要であり、そのうえで智恵を絞り工夫する、場合によっては許される範囲での駆け引きをすることが必要なのです。また、法律論や判例が間違っていると思えば、一生懸命に調べて、新しい理論や判例を作る努力もしなければなりません。

そういうなかで、自分の思いが実現した時の喜びは本当に深いものです。

読者の皆さんが、このような裁判や弁護士の仕事の面白さ、醍醐味を味わっていただけるとともに、弁護士の苦悩や喜びをも読み取っていただければ幸いです。

なお、最後になりましたが、関東で育った僕にとって、20年以上京都で生活しているにもかかわらず、京都弁を使うというのは不可能なことですので、生粋の京都人の方にお願いして直していただきました。

また、スナック「花の木」での会話についても、長く祇園でお店をされている方に教えていただいたりしました。この場を借りてお礼を申し上げます。

平成19年10月

弁護士　山﨑浩一

山﨑浩一（やまざき・こういち）

1958年、千葉県に生まれる。早稲田大学法学部を卒業後、1984年に弁護士登録。京都弁護士会所属。一般の民事事件、刑事事件を多数手がけるほか、豊田商事事件、ゴミ焼却場建設差止事件、談合事件、耐震偽装国賠事件などさまざまな事件に代理人として関与。2002年からは、立命館大学法学部非常勤講師を経て、現在、同志社大学法科大学院で教鞭もとる。KBS京都のテレビ番組「ニュースきっちん」や「ライブ５」でキャスター・コメンテイターとしても活躍。趣味はテニス、ハイキング、ギター、落語や絵画鑑賞など。

頑張れ！ひょろり君
熱血弁護士奮闘中

2007年11月15日　第1版第1刷発行

著　者　山﨑浩一
発行人　成澤壽信
編集人　西村吉世江
発行所　株式会社 現代人文社
〒160-0004 東京都新宿区四谷2-10 八ッ橋ビル7階
電話：03-5379-0307（代表）FAX：03-5379-5388
Eメール：henshu@genjin.jp（編集）hanbai@genjin.jp（販売）
Web：www.genjin.jp
振替：00130-3-52366
発売所　株式会社 大学図書
印刷所　株式会社 シナノ
装　丁　加藤英一郎

検印省略　Printed in JAPAN
ISBN978-4-87798-342-0 C0093